GENTILLE, MOI ?
PAS SI VOUS INSISTEZ !

Axelle Alan

GENTILLE, MOI ?
PAS SI VOUS INSISTEZ !

Roman

Copyright © Axelle Alan, avril 2025.
Code ISBN : 979-10-976595-0-9
Marque éditoriale : Axelle Alan

A Jeanne, ma grand-mère,

Michèle, ma mère,

Et Laurène, ma fille,

Des femmes fortes qui m'inspirent chaque jour.

CHAPITRE 1

La Défense, Tour Alysée, 24e étage, jeudi 24 février, 17h58.

« Acheter du papier toilette, de la sauce tomate, de la mousse à raser. Ne pas oublier le pain. Retirer les billets de train dans l'automate de la gare RER... Ça va. Si je file à dix-huit heures trente, je devrais être à l'heure pour la nounou. »

- Nous avons donc cinq nouvelles actions. Camille, je te laisse faire le compte-rendu du comité de projet. N'oublie pas de mettre à jour le planning et les slides[1] du comité de pilotage de demain matin.

Camille sursauta, tirant un grand trait sur la page de cahier où elle était en train de lister les tâches à faire ce soir en sortant du bureau. Astrid lui fit un grand sourire, d'une

---

[1] Slides= présentation PowerPoint, outil présent dans les sociétés du monde entier, sans lequel le cadre moderne est incapable de vous expliquer ce qu'il va vous livrer, quand et à quel prix

blancheur éclatante. Camille s'étonnait à chaque fois de ne pas voir de lambeau de viande sanguinolente pendre aux crocs acérés de son manager.

- Bien sûr tu m'enverras tes slides ce soir pour que je puisse les relire avant le comité.
- Bien sûr, Astrid
- *Lâche, lâche, lâche ! Pourquoi ne lui dis-tu pas que tu dois partir à dix-huit heures trente et que si elle tient tant que ça à relire les slides, elle n'a qu'à les préparer elle-même ???*

Comme toujours, la petite voix intérieure de Camille protesta mais des années passées à être bonne fille, bonne élève puis bonne employée, l'emportèrent haut la main.

Camille ferma son cahier, rangea son stylo dans sa trousse et se leva. Astrid posa sa main sur son bras :

- Camille, il faudra que nous reparlions de la manière dont tu gères ce projet. Tu n'es pas assez directive, les équipes font vraiment n'importe quoi. Il va vraiment falloir travailler ton leadership !
- Désolée Astrid. Il me semblait que tout allait bien.
- Vraiment ?

Astrid était capable de faire tenir en un seul mot un véritable concentré de mépris. Du grand art.

- Tu ne réalises pas qu'à ce rythme-là, vous ne livrerez jamais le projet en mars !
- Mais l'équipe projet vient de redire que la date réaliste pour livrer était juin.
- Nous avons promis mars, ce sera mars ! Maintenant il va falloir arrêter de roupiller !
- Mais...
- J'ai un call[2] avec les US, on en reparle demain. Par contre, je compte sur toi pour que les slides de demain présentent une date de livraison en mars.

Camille ouvrit la bouche pour répondre mais Astrid était déjà sortie de la salle. Il n'y avait plus qu'à s'exécuter.

De retour à son bureau, au 24° étage de la tour Alysée, elle se laissa tomber sur son siège et se connecta fébrilement à son ordinateur. Corinne, sa voisine et compagne d'infortune, se pencha vers elle, chuchotant pour ne pas être entendue des autres occupants du vaste plateau.

____

[2] Call : Conférence téléphonique ou visio en jargon professionnel.

- Alors ?

- Toujours aussi cinglée, elle veut absolument que nous livrions en mars alors que c'est impossible et en plus il faut que je refasse toute ma présentation pour le comité de demain pour démontrer que nous allons y arriver !

- Ce soir ?

- Évidemment, Madame veut tout relire ! Je ne vais pas avoir le temps de faire mes courses et en plus je vais encore être en retard pour la nounou.

- Bof, tu n'as qu'à bâcler. De toute façon, elle ne sera pas contente et te demandera de tout refaire demain matin

Mais bâcler n'était pas quelque chose que Camille savait faire. C'était plus fort qu'elle, il fallait qu'elle fignole. Lorsqu'à 19h17 elle cliqua sur Envoyer, elle avait réussi à produire une nouvelle version de sa présentation qui, bien que délirante sur le fond, donnait l'impression d'une grande rigueur lors d'une lecture superficielle. Elle avait mis son point d'honneur à soigner le style, à faire des phrases courtes mais précises, à donner des chiffres, à présenter un planning coloré. Bref, elle était stressée mais satisfaite du résultat (autant qu'on pouvait l'être en sachant qu'on mentait effrontément et qu'il faudrait bien un jour le reconnaître).

Camille éteignit son ordinateur, pestant contre Windows qui tenait absolument à faire des mises à jour au lieu de se fermer gentiment. Elle courut aux toilettes où elle put constater encore une fois que son fond de teint « perfection 12 heures » ne tenait pas ses promesses et qu'elle avait le front luisant et les joues qui peluchaient mais tant pis, elle n'avait pas le temps de faire une retouche et de toutes façons qui s'en souciait ? Elle jeta un œil sur sa montre : 19h25 ! Elle sentit son estomac se contracter. Plus moyen d'être à l'heure. Il faudrait téléphoner à la nounou et s'excuser encore une fois platement pour ce retard. De toute façon, c'était tellement fréquent qu'il serait peut-être plus judicieux qu'elle appelle lorsqu'elle serait à l'heure. D'ailleurs, tous les matins maintenant sa fille, Lilou, lui disait de sa petite voix douce :

-   Essaie de rentrer tôt ce soir maman chérie ! Mais si tu ne peux pas à cause de ta vilaine cheffe, ce n'est pas grave, je comprendrai.

À cette pensée, les larmes lui montèrent aux yeux. Mauvaise mère, elle était une mauvaise mère ! Mais comment faisaient les autres ? Celles qui assuraient au travail et à la maison, celles qui jonglaient entre dossiers, biberon et porte-jarretelle sans jamais perdre leur sourire ultra-bright ?

Elle essuya rageusement ses yeux, il ne s'agissait pas que l'autre psychopathe la voie en larmes ! Elle piocha deux pilules de StressCalm dans son sac et les avala rapidement puis bondit vers la sortie en ignorant la sonnerie de son téléphone fixe.

Le RER était annoncé avec quinze minutes de retard. Normal. Pas d'explication. Normal. Les voyageurs s'entassaient sur le quai. Normal. Un grand Noir écoutait du rap à plein volume dans ses écouteurs et en faisait bénéficier ses voisins immédiats qui de toute façon s'en fichaient, trop focalisés sur le tableau d'affichage annonçant maintenant vingt minutes de retard. Une blonde décolorée écrasa les pieds de Camille qui s'excusa. Elle décrocha son portable et appela son mari. Au bout de plusieurs sonneries, il décrocha. À la manière dont il aboya « Allo ! » Camille sut que ça allait être difficile.

- Bonsoir mon Chéri !

- Bonsoir !

- Je t'appelle parce que je vais avoir du retard. Astrid m'a encore retenue avec un dossier à finir et le RER a du retard...

- Ben voyons ! Je suppose que c'est encore à moi de rentrer en catastrophe pour m'occuper de ta fille ?

(« Ah bon, parce que ce n'est pas sa fille à lui peut-être ?» ironisa la petite voix)

- Je suis désolée, désolée ! le RER n'arrive pas. Je n'y peux rien. J'ai appelé Barbara pour la prévenir du retard mais là je ne sais pas quand je vais arriver.
- OK, je ferme l'agence et j'arrive.
- Merci mon chéri, tu es un amour ! (« N'en fais pas trop quand même ! » ricana la voix intérieure, mais Camille l'ignora, l'important c'était qu'il ait dit oui. Un moment d'humiliation est vite passé !)

Trente minutes plus tard, elle parvint enfin à s'insérer dans un RER bondé, coincée entre l'amateur de Rap et un gros bonhomme qui devait considérer que le déodorant était réservé aux femmelettes. Le train démarra à la vitesse d'un escargot asthmatique. Dix minutes pour rejoindre la station Charles de Gaulle Etoile, le nez dans les remugles du gros type et Nick Conrad dans les oreilles. Quinze de plus pour arriver à Auber, le fan de Rap ayant cédé la place à une rouquine excitée qui racontait sa vie intime à une copine en hurlant dans son portable. Camille apprit donc ainsi que Luc était un vrai pervers qui voulait qu'elle le fasse à trois, quant à Didier c'était un éjaculateur précoce, égoïste et infantile qui lui laissait faire tout le travail. En arrivant à Chatelet les

Halles, Camille était incollable sur la vie sexuelle de ses contemporains. À Nation, elle put enfin poser un quart de fesse sur un siège dont la moitié était déjà occupée par l'imposant postérieur de sa voisine. Celle-ci lui fit un grand sourire tout en pianotant sur son portable. Elle ne put s'empêcher de l'envier : elle avait bien 30 kilos de trop mais ça ne semblait pas entamer sa bonne humeur ni son goût pour les robes sexy. Camille faisait partie de ces innombrables femmes ni maigres ni grosses, ni blondes ni brunes, ni grandes ni petites, qui passent leur vie à regretter de ne pas ressembler aux tops modèles des magazines. À chaque début d'été elle entamait un nouveau régime dans le vain espoir de rentrer un jour dans un 38. Cette année c'était le régime Amazonia inspiré de celui des indiens d'Amazonie : uniquement du gibier chassé (plus maigre que la viande d'élevage), du poisson et des fruits exotiques à volonté (en cette saison, Camille trichait un peu et remplaçait le tapereba par des prunes, l'açai par des cerises et la goyave par des pommes, ce qui n'était peut-être pas aussi efficace mais nettement moins onéreux et plus facile à trouver). Pour compléter l'effet du régime, elle ajoutait des gélules de plantes amazoniennes dont, selon son magazine favori, l'effet amaigrissant était bien connu des tribus indiennes d'Amérique du Sud. Elle avait commencé depuis une semaine mais pour l'instant l'effet n'était sensible que sur son transit intestinal et son portefeuille...

* * *

Chapitre 2

Camille poussa la porte de son pavillon, l'estomac serré par la culpabilité. Encore une fois, elle rentrait trop tard pour coucher sa fille qui avait dû s'endormir en pensant tristement à l'absente. Elle se demanda si elle ne ferait pas mieux d'arrêter de travailler pour se consacrer à sa petite famille ou au moins de trouver un poste plus tranquille qui lui permettrait de quitter le travail à dix-sept heures pour aller chercher sa puce au centre de loisir comme toutes les mères dignes de ce nom. Elle s'imaginait accompagnant Lilou aux sorties scolaires, lui préparant son dîner tous les soirs à base d'aliments bio cuisinés maison, lui donnant son bain, lui lisant des histoires instructives et jouant avec elle à des jeux éducatifs, quand sa rêverie fut interrompue par un coussin volant qui lui arriva sur la figure :

- But !!!! Je l'ai eu ! J'ai tué le monstre !
- Bonsoir ma chérie, ma fille et moi jouions tranquillement en t'attendant.
- Et vous jouiez à quoi ?

- A Jurassic Park, petite maman chérie ! C'est toi qui fais le T-Rex !

Camille, éberluée, regarda sa fille hilare et dut reconnaître qu'elle n'avait pas l'air particulièrement traumatisée de son retard. Avec un pincement au cœur elle se demanda néanmoins ce qu'un pédopsychiatre penserait d'une enfant de sept ans qui comparait sa mère à un tyrannosaure... Elle coupa court à cette déprimante réflexion en décrétant qu'il était l'heure d'aller au lit. Comme chaque soir, Lilou expédia le brossage de dents en trente secondes mais sa mère était trop fatiguée pour insister. Tant pis pour les caries, avec un peu de chance, elles toucheraient des dents de lait. Ensuite, il fallut lire une histoire, puis une deuxième et enfin une troisième, la dernière maman chérie, je te le promets ! Évidemment à sept ans, Lilou savait lire, mais selon les psychologues il est très important de continuer à lire des histoires aux enfants même après qu'ils sont capables de le faire tous seuls. Il parait que ça leur permet de nourrir leur imaginaire et de mettre en mots leurs besoins, leurs envies et leurs émotions. C'est une manière de les accompagner pour prendre leur place dans le monde et les préparer à devenir eux-mêmes. Bref, une tâche à laquelle aucune mère responsable ne saurait se soustraire, même si la cent-vingt-cinquième lecture de Monstres et Compagnie peut sembler fastidieuse et qu'avec un enfant d'âge scolaire, il n'est plus possible de sauter des passages pour arriver plus vite à la fin. Ce devoir sacré accompli, il fallut encore aller chercher un verre d'eau, accompagner la petite faire pipi parce qu'elle avait peur qu'un monstre se cache sous le lavabo, vérifier qu'il n'y en avait pas non plus derrière les rideaux ou dans l'armoire. Enfin, vers vingt-deux heures, Camille put descendre à la cuisine tout en tendant l'oreille au cas où son bébé chéri l'appellerait.

Olivier jouait à tuer d'autres joueurs sur son portable. Il grommela vaguement quelque chose lorsqu'elle lui demanda si un filet de biche poêlé aux groseilles à maquereau lui convenait pour le dîner (pas très amazonien mais disponible chez Picard et prêt en dix minutes). Résignée, Camille s'attela à la préparation du repas.

- Il joue pendant que tu travailles en cuisine, ça ne te semble pas injuste ? demanda sa petite voix.

- Mais je cuisine beaucoup mieux que lui.

- Décongeler un plat Picard ne nécessite pas un talent particulier.

- C'est vrai mais, si j'insiste, il va me rappeler que c'est lui qui a dû rentrer s'occuper de Lilou ce soir parce que j'étais en retard.

- Une fois dans la semaine, ça ne fait pas beaucoup.

- Et il va encore me dire que si je ne mettais pas une heure à coucher ma fille, je n'aurais pas besoin de le nourrir avec des surgelés.

- Tu es désespérante !

- Et toi, insupportable ! J'ai eu une journée assez difficile comme ça, je ne veux pas la terminer sur une dispute. Et réchauffer un plat surgelé ce n'est pas un gros travail !

Une heure plus tard, le repas avalé et la cuisine rangée, Camille put enfin regagner son lit. Elle se glissa avec délices entre ses draps et se plongea dans la lecture d'un roman. Elle avait beau être bardée de diplômes, parler quatre langues et diriger une équipe de vingt-cinq personnes chez un éditeur de logiciels à la pointe de la technologie, elle adorait les comédies romantiques. Celle-ci racontait les déboires d'une artiste peintre amoureuse de son modèle qui n'était autre que son futur beau-frère. Exactement ce qu'il lui fallait pour oublier Astrid et ses folles exigences. A côté d'elle, Olivier lisait une bande dessinée. Elle l'entendait parfois rire tout bas. Elle posa sa tête sur son épaule. Enfin, un peu de calme et de douceur !

Elle laissa échapper un soupir de bien-être. Olivier posa sa main sur sa cuisse et la caressa doucement. Que c'était bon d'être là, lisant côte à côte et échangeant de petits gestes de tendresse. Elle embrassa son mari dans le cou. Elle aimait cet endroit où la peau était toute fine, comme celle d'un petit garçon. Elle ferma les yeux, se laissant aller à la somnolence, blottie contre son homme. La main d'Olivier remonta. Elle commença à pétrir l'intérieur de sa cuisse, puis un doigt s'infiltra dans sa culotte. Visiblement, lui n'était pas d'humeur somnolente ! Camille serra un peu les jambes mais il insista. Il posa sa bande dessinée et l'embrassa. Il embrassait bien, il avait toujours bien embrassé, mais là, elle était fatiguée et demain il lui faudrait se lever à l'aurore pour pouvoir faire les modifications demandées par Astrid sur sa présentation. Elle le repoussa doucement :

- Tu sais, je suis fatiguée.

- Eh bien, on va faire vite !

- Et demain, je dois me lever tôt...

- De toute façon, il y a toujours quelque chose qui t'empêche de faire l'amour. Soit tu es fatiguée, soit tu dois te lever tôt, soit ta fille fait un cauchemar, soit tu as tes règles, ou bien que sais-je encore ! Je vais finir par penser que tu n'aimes pas ça !

- Mais si voyons ! J'ai juste beaucoup de travail en ce moment et Astrid est infernale !

- Je sais bien ma douce, allez, viens dans mes bras, tu verras que ça va te détendre.

- Et voilà, on oublie la petite soirée tranquille et la bonne nuit de sommeil !

- Tais-toi donc, tout vaut mieux qu'une dispute.

- Tu l'as déjà dit.

Camille ferma les yeux et se laissa aller. Olivier était sensuel et il aimait explorer son corps. Cependant, elle n'arrivait pas à s'empêcher de penser à ce qui l'attendait le lendemain. Devant ses yeux passaient les pages de sa présentation. Et si elle n'avait pas été assez précise ? Et si ses chiffres étaient faux ? Et si quelqu'un lui demandait de justifier son planning alors qu'elle le savait irréaliste. Et si....

- Camille ça va ? J'ai l'impression que tu n'aimes pas ce que je te fais.

- Mais si mon amour, c'est très bon, j'ai juste un peu de mal à me détendre. Continue, je vais finir par y arriver.

Bon, il fallait arrêter de penser au travail, sinon adieu septième ciel ! Elle se força à se concentrer sur ce que faisait son mari, sa bouche sur ses seins, ses mains qui empoignaient ses fesses, son souffle chaud sur son visage et lui qui allait et venait en elle.

- Maman !
- Oh non ! pourvu que Lilou ne se réveille pas maintenant !

Elle glissa sa main entre ses cuisses et tenta d'accélérer l'arrivée du plaisir avant que la petite ne se mette à hurler. Elle ajouta quelques gémissements et remua le bassin.

- Maman ! J'ai fait un cauchemar !

Camille se leva en soupirant et se précipita auprès de Lilou. Olivier grommela que les enfants étaient vraiment une plaie et signaient la fin de toute vie de couple. Quand elle revint un quart d'heure plus tard, il dormait, ronflotant doucement. Elle se coucha près de lui et éteignit la lumière pour ne pas le déranger. Elle se demandait quand même si elle avait eu raison de faire apparaître la provision de budget

ou si elle aurait mieux fait de l'intégrer à chaque poste
budgétaire...

25

* * *

Chapitre 3

La Défense, Tour Alysée, 24° Etage, vendredi 25 février, 13h

La matinée de Camille avait commencé difficilement par une revue de la présentation à huit heures dans le bureau d'Astrid. Évidemment, rien n'était à son goût. Il avait fallu refaire tous les tableaux de chiffres plusieurs fois et malgré tout, cinq minutes avant le début du comité elle avait glissé à sa collaboratrice : « C'est loin d'être parfait mais nous n'avons plus le temps. Imprime tout ça en dix exemplaires et rejoins-nous en salle Copacabana ». Pour une fois l'imprimante avait été collaborative et Camille avait réussi à arriver à l'heure au comité, ses impressions sous le bras. Sans surprise les clients avaient été dubitatifs sur la capacité de l'équipe à livrer dans les délais et Astrid s'était tournée vers elle :

-   Camille, il va falloir que tu suives plus sérieusement le travail de l'équipe. Je veux bien croire que tu penses pouvoir livrer en mars mais il va falloir tenir tes engagements.

-   Oh la garce, l'immonde garce ! s'insurgea la petite voix.

- Bien sûr Astrid, nous faisons de notre mieux ! s'était-elle pourtant entendu répondre.

Inutile de dire que l'équipe avait accueilli la nouvelle avec un certain énervement. Heureusement tout le monde connaissait Astrid et personne n'en voulut vraiment à Camille (du moins l'espérait-elle). Néanmoins, à l'heure du déjeuner, elle préféra avaler ses gélules amazoniennes, acheter une salade et s'installer devant son ordinateur pour déjeuner seule plutôt qu'avec son équipe. Elle décida de s'accorder une pause d'une demi-heure pour surfer sur ses sites préférés. Elle devait confesser qu'elle ne pouvait pas passer une journée sans suivre l'actualité, même en vacances elle consultait plusieurs sites de journaux pour comparer leur vision des événements. Invariablement ces derniers temps, les quotidiens titraient sur les ravages de la crise. Exceptionnellement, elle ne se plongea pas dans les articles de la presse économique. La matinée avait mis son cerveau à trop rude épreuve, il lui fallait de la distraction. Elle alla directement à la rubrique Société. « Un cadre supérieur disjoncte ». Le titre lui attira l'œil. Elle avait la conviction que de plus en plus de cadres disjonctaient ces derniers temps, trop de pression, trop d'ordres contradictoires, trop d'entorses à leurs valeurs. Mais là, ce n'était pas ce dont il s'agissait.

<u>Un cadre supérieur disjoncte.</u>

Hier après-midi, les membres du comité de direction de la Banque Versaillaise d'Investissement ont eu la surprise de leur vie. Au milieu d'un important débat concernant les prochaines évolutions de la loi sur les comptes étrangers non déclarés, la porte de la salle du conseil s'est ouverte et ils ont vu apparaître leur DRH, vêtu d'un string et enduit d'huile pailletée. Ce cadre pourtant connu pour son sérieux et son esprit acéré bredouillait des mots sans queue ni tête. Avant qu'on puisse l'arrêter, il a sauté sur la table et s'est mis à hurler des insanités. Le service d'ordre est intervenu rapidement et le malheureux DRH a été conduit dans une clinique où les médecins doivent l'examiner pour comprendre comment il a pu en arriver là. Des témoins ont néanmoins rapporté qu'il semblait sous l'emprise de substances illicites et que ce n'était pas la première fois qu'il aurait fait preuve d'un comportement déplacé. Cependant, soucieuse de la réputation de l'établissement, la Banque Versaillaise d'Investissement n'a pas tenu à faire de commentaires tant qu'aucun avis médical ne serait rendu. On peut néanmoins se demander si cette crise de folie n'est pas le résultat du stress intense subi récemment lors de la fusion entre la Banque Versaillaise d'Investissement et la banque Américaine Willson Brothers.

Camille s'étrangla de rire. Elle connaissait bien la réputation de ce DRH. Son amie Vanessa travaillait à la Banque Versaillaise d'Investissement et il était de notoriété publique là-bas que les jolies femmes devaient se montrer « compréhensives » avec le DRH si elles voulaient voir leur carrière progresser. Elle appela immédiatement Vanessa pour en savoir plus. Celle-ci ne se fit pas prier pour lui raconter avec détails l'arrivée du cadre dans la salle du conseil. Elle était un témoin fiable, ayant elle-même assisté à la scène en tant qu'Assistante du Président.

- Non mais tu imagines ? Legrand de Saint-Vincent en string et enduit d'huile, se trémoussant sous le nez du gratin de la banque ! C'était hilarant. Il chantait des chansons paillardes et il a même mis la main au paquet au Président !

- Non ?

- Si ! Duvernet a failli faire un arrêt cardiaque.

- Tu m'étonnes. Et on sait ce qui lui a pris ?

- Le plus drôle c'est qu'après, selon ce que m'a raconté mon copain Marco qui travaille à la sécurité, il n'arrêtait pas de parler d'une grande brune lascive qui l'avait violenté et forcé à boire de la vodka et à avaler des pilules roses.

- Pauvre lapin !

- Crois-moi, aucune femme ici n'a versé de larmes sur son sort. Je ne sais pas qui est la grande brune lascive en question mais on lui vote les félicitations à l'unanimité. Pour une fois qu'un harceleur se trouve pris à son propre jeu !

Cette histoire rocambolesque mit Camille de bonne humeur pour le reste de la journée et lorsqu'Astrid déboula sur le plateau pour distribuer sa ration quotidienne de venin, elle ne put s'empêcher de penser « toi, ma vieille, continue comme ça et tu vas finir dans la salle du conseil en string et enduite d'huile ! »

Le soir, au club de sport où Camille se rendit pour la première fois depuis qu'elle avait pris un abonnement en début d'année, l'incident était le sujet majeur des conversations. Tout en pédalant, chacune y allait de son commentaire. Bien sûr personne ne plaignait le cadre pervers mais beaucoup s'interrogeaient sur les circonstances de sa crise de folie. Qui pouvait donc bien être cette brune vengeresse ? La police avait interrogé les employés de la banque et chacune des personnes répondant à la description semblait avoir un alibi pour la période immédiatement avant l'événement. Camille songea en souriant que Vanessa, malgré sa répugnance pour le DRH ne saurait être soupçonnée, atteignant tout juste le mètre cinquante-cinq juchée sur ses Louboutin. Une commerciale d'une société de conseil raconta qu'une histoire similaire s'était produite chez un de ses clients. Un cadre connu pour son goût pour les ragots nauséabonds et les rumeurs destructrices avait été retrouvé ivre mort au milieu d'une décharge. On n'en savait pas plus. Peut-être y-avait-il de la grande brune lascive derrière ? Chacune y allait de son hypothèse et de son anecdote et Camille ne put s'empêcher de se demander si on pouvait écrire une lettre à l'amazone vengeresse sur le modèle de la lettre au Père Noël en listant tous les enquiquineurs dont il serait utile de s'occuper. Elle savait bien qui occuperait la première place dans sa liste...

* * *

Chapitre 4

Vincennes, samedi 26 février, le matin.

Comme tous les matins depuis sept ans, Camille fut tirée du lit par sa fille à une heure que tout célibataire considèrerait comme indécente. En soupirant, elle jeta un œil sur son mari. Il dormait profondément. Elle était toujours étonnée de la profondeur de son sommeil. Lilou pouvait crier, se glisser dans leur lit, gigoter, rien ne semblait pouvoir le tirer de son endormissement. Pourtant lorsque son réveil sonnait le matin, dès la première sonnerie il était debout, tout fringant, prêt à sauter dans sa douche. Elle avait fait part de ce grand mystère à ses amies et découvert que c'était, semblait-t-il, une évolution naturelle de tout individu mâle qui, avec l'âge, devenait atteint de surdité sélective. Alors qu'il ne semblait pas éprouver de difficulté à entendre les nouvelles à la radio, il n'entendait jamais lorsque la maîtresse annonçait qu'elle serait absente ou lorsque son épouse prévoyait un dîner avec ses copines. Il n'avait aucun souci pour suivre les explications de son copain Luc concernant la panne de sa Jaguar mais semblait étrangement absent lorsque son épouse racontait ses difficultés avec ses collègues. Il pouvait d'oreille reconnaître le vibrato de Jimmy Hendrix mais ne percevait pas les hurlements nocturnes de sa fille. C'était ainsi et il n'y avait rien à faire !

A moitié somnolente, elle s'extirpa du lit et se dirigea vers la cuisine. Elle attrapa un bol, un paquet de céréales au chocolat (le muesli bio aux fruits séchés n'avait rencontré aucun succès auprès de sa fille, les flocons d'avoine avaient été déclarés immondes et les biscuits au son infâmes). Elle versa les céréales dans le bol sans mesurer la quantité et les recouvrit de lait chocolat tout préparé. Elle avait exécuté ces tâches matinales tellement de fois qu'elle aurait pu les réaliser les yeux fermés et il faut bien reconnaitre que c'était quasiment ce qu'elle faisait deux matins sur trois. Quand sa fille fut attablée, elle se prépara deux tartines de Nutella. Pas très amazonien, mais il lui semblait bien qu'il poussait des noisettes dans certaines régions d'Amérique du Sud donc elle décida que c'était acceptable. De toute façon, après la semaine atroce qu'elle avait vécue, elle méritait bien un peu de réconfort. Elle se promit de respecter plus strictement son régime la semaine prochaine et avala double ration de gélules pour compenser son écart.

Après le petit déjeuner, elle installa Lilou devant le DVD de la Petite Sirène et retourna se coucher. Jamais elle n'aurait osé avouer à quiconque à part Olivier qu'elle préférait de loin une bonne grasse matinée plutôt qu'une balade à vélo dans le bois de Vincennes en compagnie de sa fille. Elle aurait eu l'impression de confesser qu'elle était une mère indigne doublée d'une fainéante grassouillette. Elle soupira d'aise en se glissant sous la couette. Olivier se retourna et se serra contre elle sans se réveiller. Elle ferma les yeux et les rouvrit immédiatement : elle avait oublié de répondre au mail qu'Astrid lui avait envoyé la veille vers minuit. Ne pas recevoir de réponse dans les dix minutes mettait généralement sa chef en rage. Camille attrapa son iPhone sur la table de nuit en essayant de ne pas déranger son époux. Il y avait déjà trois relances passablement énervées. Elle tapa un message à la lueur de l'écran, le relut cinq fois et appuya sur ENVOI. Elle n'avait pas plutôt reposé le téléphone sur la table et sa tête sur l'oreiller qu'un petit éclair de lumière indiqua l'arrivée d'un nouveau mail. Sans grand espoir de se tromper, elle vérifia le nom de l'envoyeur, c'était bien Astrid. « Cette fichue bonne femme ne dort donc jamais ? Je suis certaine que c'est un extraterrestre qui a pour mission de ravager la vie des mères de famille terriennes ! » grommela sa voix intérieure. Plusieurs échanges de messages plus tard, Astrid conclut « Tu ne comprends rien. Nous en parlerons lundi matin » et renonça à poursuivre plus longtemps ses critiques. Camille tenta alors de se rendormir mais elle avait maintenant la sensation qu'une main géante étreignait sa poitrine et l'empêchait de respirer. Elle avala deux pilules de StressCalm mais ne réussit pas à se rendormir. De guerre lasse elle décida de se lever et se livra à son anti-déprime favori : lire Elle dans son bain. Elle versa un bouchon d'huile de bain parfumée dans l'eau, alluma des bougies et mit en fond sonore un concerto pour piano de Mozart. Elle appréciait tout particulièrement la prose d'Alix Girod de l'Ain qui lui amenait toujours le sourire aux lèvres. Entre deux articles, elle admirait les photos de mode présentant des pièces que la majorité des lectrices ne pourraient jamais se payer. Tous les magazines féminins regorgent de publicités pour des vêtements très chics et absolument hors de prix. Ils ont une allure folle portés par des mannequins ultra minces et retouchés sur Photoshop mais la jeune femme se demandait toujours qui oserait les arborer dans la vraie vie. Elle avait du mal à s'imaginer au bureau, affublée d'une combinaison en néoprène ou d'une robe en dentelle blanche à troutrous... sans parler des chaussettes dans les escarpins qui ne manqueraient pas de déchainer les commentaires ironiques de ses collègues mâles. Toutefois, ce coup-ci, elle dut reconnaitre que les vêtements présentés dans la série de photos « Working Girl » étaient presque portables. Il y avait en particulier un ensemble robe plus veste en cuir velours fauve qui lui plut immédiatement. Elle chercha la marque des yeux et haussa les épaules, pas dans ses moyens ou alors il faudrait renoncer aux prochaines vacances familiales et peut-être même aux suivantes.

Elle tourna la page et se plongea dans un test intitulé « Quel est votre âge sexuel ? ». Certaines questions la laissèrent perplexe : « Quel est votre personnage préféré dans Fifty Shades of Grey ? » Difficile de répondre sans avoir lu le livre.... Elle essaya de se souvenir de ce qu'elle en avait vu sur Internet et finalement opta pour Anastasia, la seule dont elle connaissait le prénom. « Vous le tromperiez si... », Réponse A : « il vous trompait », réponse B : « vous rencontriez un sosie de Ryan Gosling » Réponse C : « vous tombiez amoureuse d'un autre », Réponse D : « Jamais, vous l'aimez trop ». Elle élimina immédiatement l'option B : elle n'était pas très sûre de reconnaitre un sosie de Ryan Gosling si elle le rencontrait et puis les hommes trop sexy lui avaient toujours semblé très intimidants. Dans la foulée, elle barra l'option A : si elle se découvrait trompée, elle serait sûrement trop effondrée pour penser à séduire un autre homme. Il restait donc C ou D... Aucune ne correspondait vraiment. Ce qu'il aurait fallu c'est Option Z : « jamais, entre le travail, la maison et les enfants, vous n'avez déjà pas le temps de coucher avec votre mari, alors vous ne voyez pas où vous pourriez caser un amant ». Par défaut elle cocha l'option D et compta ses réponses : Maximum de ♦ : vous avez quatre-vingt-dix ans. Pas très encourageant même si, selon les magazines, c'est après soixante ans qu'on est le plus heureux sexuellement ! Elle ruminait son score pitoyable en se demandant comment faire pour améliorer son profil sexuel (sans tricher sur les réponses) quand la porte s'ouvrit d'un coup :

- Mamaaaaan ! je peux venir dans ton bain avec toi ? brama Lilou.

Camille soupira. Sa tranquillité était terminée.

- J'allais sortir
- S'il te plait, Mamouna, ça sent super bon et j'adore prendre le bain avec toi !

Sans attendre la réponse de sa mère la petite fille enleva ses habits et se plongea dans l'eau en arrosant copieusement le sol. En riant, elle se blottit contre sa poitrine.

- C'est agréable, une maman confortable

Une fois passée la petite blessure d'amour propre causée par le mot « confortable », Camille se dit que ni Kate Moss ni Gisèle Bundchen n'avait sûrement jamais eu droit à un compliment de ce genre. Elle en serait presque venue à remercier les kilos subrepticement installés au cours des années.

- Moi aussi, je t'aime ma puce. Tu es ce qu'il y a de meilleur dans ma vie.

Et c'était vrai. Elle adorait son mari, chérissait son chat, ne pourrait se passer de sa meilleure amie... mais sa fille était la prunelle de ses yeux, le soleil de sa vie, sa huitième merveille du monde, tout à la fois son plus grand bonheur et sa plus grande angoisse. Souvent, elle pensait que si sa fille mourait, son cœur se briserait instantanément de chagrin. Cette seule pensée lui amena les larmes aux yeux et elle serra Lilou contre elle en respirant l'odeur de ses longs cheveux blonds.

* * *

Chapitre 5

Olivier et Camille finissaient de prendre leur café pendant que Lilou lisait les dernières aventures des Tea's Sisters lorsque Vanessa téléphona. Sa voix avait une intonation très énervée et Camille supposa que son ex avait dû se montrer plus pénible encore que d'ordinaire. Bien qu'en instance de divorce, le couple partageait encore l'appartement conjugal jusqu'à ce que la séparation officielle soit prononcée, aucun ne voulant être accusé par l'autre d'avoir déserté le foyer conjugal. Ceci n'était pas sans occasionner bien des tensions. Vanessa explosa :

- Je n'en peux plus de ce connard ! Il passe son temps à m'emmerder ! Il n'a rien de mieux à faire que me gâcher l'existence ? Quand je pense que j'ai été raide dingue de lui, je me dis que je devais avoir le cerveau en dérangement !

Camille sourit intérieurement. Quand elle avait connu Vanessa, elle avait été éblouie par son élégance, son humour et le couple parfait qu'elle semblait faire avec Philippe. A la machine à café, elle racontait ses weekends fabuleux à

Marrakech ou Val d'Isère, les fêtes auxquelles ils assistaient grâce au carnet d'adresse de son publicitaire d'époux, les célébrités qu'elle côtoyait. Camille était vaguement jalouse mais elle aimait bien Vanessa qui, au fond, compensait un certain manque de confiance en elle par cet étalage permanent des succès de son mari. Elle s'amusait de la joie adolescente de sa collègue lorsqu'elle parlait de sa rencontre avec Madonna (croisée dix secondes dans une boite de nuit bondée) ou Kate Moss (entrevue à la fête de lancement de GQ). Il y avait quelque chose de rafraichissant chez cette jeune femme ravissante qui s'enthousiasmait de chaque cadeau que lui faisait la vie. Quand Vanessa avait quitté leur employeur pour rejoindre la Versaillaise de Crédit, elles étaient restées amies. Lorsqu'elle avait appris que celle-ci voulait divorcer parce que Philippe couchait avec la planète entière, elle était tombée des nues. Jamais elle n'aurait pu imaginer que le couple parfait était un leurre, et pourtant il y avait longtemps qu'elle ne croyait plus aux contes de fées.

- Il faut que je me change les idées. Allons faire du shopping !

Camille interrogea Olivier du regard.

- Vas-y, tu t'es occupée de Lilou toute la matinée, je prends le relais.

Elle attrapa ses affaires, fit un bisou rapide a sa petite famille et fila avant que quelqu'un ne pense à quelque chose qu'il fallait absolument qu'elle fasse avant de partir. Quand la chance vous sourit, il ne faut surtout pas la laisser passer !

Elle retrouva son amie devant le Palais de la Découverte. Quand Vanessa parlait de shopping, elle n'avait pas en tête Etam ou Kiabi. Pour elle, la seule cible envisageable était les boutiques de luxe qui ornaient l'avenue Montaigne. Elle se livrait alors à une orgie de dépenses dont elle ressortait détendue et comblée. Elle comparait cette expérience à un orgasme en plus long. Pour Camille, dépenser de telles fortunes pour des futilités aurait été impensable, cependant elle aimait accompagner son amie dans sa quête du vêtement parfait qui la rendrait à la fois irrésistible aux yeux des hommes et irréprochable aux yeux des autres fashionistas. Elle se demandait tout de même comment Vanessa faisait pour se payer de tels caprices maintenant que Philippe lui avait retiré la signature sur son compte en banque. Les salaires à la Versaillaise de Crédit étaient peut-être plus élevés qu'elle ne l'imaginait.

Tout en écumant les magasins, Vanessa entreprit de lui raconter les derniers méfaits de son bientôt ex-mari.

- Ce con veut tout partager en deux, tout !

- C'est un peu normal, non ?

- Camille, quand je dis tout, c'est vraiment tout. Pas seulement le contenu du compte commun ou l'appartement. Il fait évaluer tous les meubles, même la table IKEA du balcon ou le meuble à ordinateur du bureau.

- Bon, c'est peut-être un peu poussé...

- Un peu poussé ? C'est un malade, il a compté les petites cuillères et fait un scandale parce qu'il y en avait un nombre impair. Il veut faire un barème stipulant qu'une cuillère à soupe équivaut à deux petites cuillères et un couteau à steak à deux couteaux à dessert !

- C'est de l'argenterie ?

- Même pas ! une bonne vieille ménagère en acier inox achetée à nos débuts quand nous étions fauchés.

- Il est dingue !

- Attends le meilleur : il veut couper le tuyau d'arrosage de notre maison de vacances en deux !

- Dans quel sens ?

- Je ne lui ai pas demandé, s'esclaffa Vanessa.

Les deux jeunes femmes riaient comme des adolescentes en goguette. Soudain, Camille pila net, elle opéra un demi-tour et se planta devant une vitrine. Elle ne s'était pas trompée, c'était bien ELLE, la petite robe en cuir velours fauve admirée dans les pages de son magazine, qui lui faisait maintenant de l'œil depuis la boutique. Elle était encore plus belle en vrai. La coupe était parfaite et la matière somptueuse. Vanessa s'approcha à son tour.

- Superbe ! je suis certaine qu'elle t'irait comme un gant. Tu veux l'essayer ?
- Tu as vu le prix ? Un mois de salaire !
- Et alors ? Tu n'as qu'à dire que c'est ton treizième mois... celui qui sert à se faire plaisir.
- Je comptais m'en servir pour des vacances en famille au soleil.
- Comme tous les ans ! cette année tu n'as qu'à décider que ton treizième mois est pour toi, après tout c'est toi qui l'as gagné, non ?
- Oui, mais...
- Mais rien du tout ! En plus, c'est un investissement professionnel, cette robe. Quand tu la mettras, tu auras vraiment l'air d'une cadre supérieure et tout le monde, à commencer par toi, te prendra plus au sérieux. Allez, on entre.

Vanessa poussa la porte de la boutique d'un air décidé et Camille la suivit, un peu mal à l'aise. Une vendeuse mince et sophistiquée se dirigea vers elles. Sans l'ombre d'une hésitation, elle se tourna vers Vanessa. Normal, ne put s'empêcher de penser Camille, elle est toujours si parfaitement habillée et maquillée, que près d'elle je suis totalement invisible. « Tu parles, c'est surtout qu'elle a l'équivalent de plusieurs SMIC sur le dos alors que tu portes un vieux jeans et un pull Benetton ! A ton avis qui a l'air la plus prête à claquer une fortune pour des vêtements ? » ricana sa petite voix intérieure.

- Bonjour Madame, puis-je vous aider ?
- Nous aimerions voir cet ensemble en veau velours s'il vous plait, demanda Vanessa
- C'est un excellent choix. Il est à la fois élégant et très facile à porter. En quelle taille souhaiter vous l'essayer ?
- C'est pour moi, risqua Camille d'une voix un peu hésitante, un 40 ou 42 selon la coupe.
- Je suis désolée mais Nadia Moretti ne fait pas les grandes tailles, répondit la vendeuse d'un ton dédaigneux. Vous devriez essayer Elena Miro ou Marina Rinaldi, ce sont des marques plus adaptées dans votre cas.

Et sans même dire au revoir elle se dirigea vers une autre cliente, sublime liane brune qui devait rentrer sans peine dans un petit 34 et souhaitait justement essayer ce fameux petit ensemble. Mortifiée, Camille se laissa entrainer dehors par son amie.

- Non mais, quelle pétasse ! Pour qui se prend-elle ? tu es parfaite.

- Je suis trop grosse, elle a raison. J'ai l'air d'une truie. Je ne peux plus m'habiller que dans des marques pour obèses !

- D'abord ce ne sont pas des marques pour obèses mais pour femmes voluptueuses. Ensuite, tu es beaucoup trop mince pour ça. Leur plus petite taille doit être au moins du 44.

- Elle m'a regardée comme si j'étais une merde au milieu de la moquette.

- C'est elle qui est une merdeuse. Allez, viens, on va prendre un verre dans un bar à cocktails que j'ai repéré.

- Il n'est pas un peu tôt ?

- Il n'y a pas d'heure pour les braves et puis si ça te console, dis-toi qu'il est vingt heures quelque part sur terre. On y va.

Deux heures plus tard, quand Camille rentra chez elle, elle était sérieusement éméchée mais de bien meilleure humeur. Prétextant un solide mal de tête, elle avala deux gélules d'Amazonia (pour brûler les calories de l'alcool), un cachet d'Ibuprofène et alla directement se coucher, laissant Olivier continuer à s'occuper de leur fille. Il lui en ferait sans doute le reproche plus tard mais pour l'instant elle était si bien au fond de son lit, son chat roulé en boule contre elle. Finalement, c'était si bon d'être une mère et épouse indigne !

Le lendemain matin, le réveil fut difficile. Elle avait eu un sommeil agité entrecoupé de rêves bizarres. Elle se sentait épuisée et serait bien restée couchée s'il n'avait pas fallu aller au marché. Elle se leva en grommelant et fila prendre une longue douche brûlante dans l'espoir que cela remette ses neurones en état de marche. Un quart d'heure et deux cafés plus tard, elle dut s'avouer vaincue : elle allait se trainer toute la journée, c'était le prix à payer pour ses excès de la veille. Elle attrapa son panier en paille tressée et sortit, Lilou sur ses talons. Dehors, il faisait un temps magnifique et elle respira l'air printanier à pleins poumons. Elle se sentait déjà un peu mieux. Elle se dirigea vers la Place de l'Eglise tout en écoutant sa fille lui raconter la dernière trouvaille de son copain Arthur. Pour une raison mystérieuse, Lilou, bien que bonne élève et obéissante, semblait toujours s'acoquiner avec les élèves les plus turbulents de la classe. Un psychologue aurait sans doute trouvé ceci très intéressant. Camille se contentait d'espérer qu'elle n'imite pas trop ses copains. Dans sa poche son téléphone se mit à vibrer. Elle jeta un coup d'œil sur l'écran, redoutant un appel dominical d'Astrid. Heureusement, il s'agissait de Vanessa. Elle décrocha. Son amie semblait en pleine forme malgré les nombreux cocktails de la veille.

- Tu ne devineras jamais ce qui s'est passé hier soir !

- Philippe est revenu en se trainant à tes pieds ?

- Jamais de la vie ! Beaucoup plus rigolo.

- Tu as vu Astrid faire de la Pole Dance ?

- Bien imaginé mais, même si j'avoue que l'idée est amusante, ce n'est pas ça.

- Je donne ma langue au chat.

- La boutique de ta copine Avenue Montaigne a été victime d'une attaque la nuit dernière.

- Ah bon ?

Camille ne voyait pas ce qu'il y avait de drôle.

- Oui, quelqu'un a défoncé leur devanture avec un camion poubelle.

- Quoi ?

- Ensuite ils ont piqué des vêtements et des sacs et, tiens-toi bien.... Ils ont vidé tout le contenu du camion dans la boutique !

- Tu veux dire que le magasin Nadia Moretti était rempli d'ordures ?

- Oui ! Excellent, non ?

- J'imagine déjà l'air dégoutté de la vendeuse. J'avoue que très mesquinement ça me remplit de joie.

- Et moi, donc ! Dommage qu'on soit dimanche et que la boutique soit fermée.

- On sait qui a fait ça ?

- Les images du circuit de vidéo surveillance ne sont pas nettes, mais il semblerait que ça soit une femme.

- Encore ? C'est une épidémie ! Un vent de féminisme révolutionnaire souffle sur Paris !

- Attention les mecs ! Ça va barder !

Les deux amies éclatèrent de rire. Un vieux monsieur qui passait jeta à Camille un regard courroucé, ce qui la fit rire de plus belle. Il y avait une justice en ce monde finalement.

Au marché, Camille commença par l'étalage du boucher. Malheureusement, Mathieu, son boucher préféré était absent aujourd'hui. Elle adorait sa gouaille de titi parisien et sa bonne humeur que rien ne pouvait entamer. De plus sa viande était excellente et on trouvait chez lui des morceaux peu connus mais délicieux tels que l'onglet de veau ou le foie de broutard. Poilé à feu doux avec des échalotes et un peu de vin blanc, le foie de broutard s'avérait beaucoup plus tendre que le foie de bœuf, plus goûteux que le foie de porc et moins douceâtre que le foie de veau. Un véritable régal ! Sans grand enthousiasme, elle dut se rabattre sur une autre boucherie. Elle était tenue par un vieux grincheux mal rasé qui avait ses têtes et visiblement celle de Camille n'en faisait pas partie. Elle commanda de l'onglet de bœuf. Le bonhomme lui tendit un morceau de viande marronnasse et suintante qui n'inspirait guère confiance. Elle suggéra poliment qu'elle préférait une viande plus... enfin moins... foncée. Le boucher lui répondit vertement :

- Mais ma p'tite dame, la viande ça ne se mange pas trop frais ! il faut la laisser rancir sinon elle n'est pas tendre ! Goutez ça et vous m'en direz des nouvelles. De toute façon, c'est le dernier onglet qu'il me reste. A prendre ou à laisser !

Camille prit la viande. Elle n'était pas totalement convaincue mais l'homme de l'art avait certainement raison. Elle continua ses courses en achetant une quantité de fromages certainement incompatible avec le régime

Amazonia. Normalement, ce régime n'incluait d'ailleurs ni laitage ni gluten mais bannir le fromage était tout simplement inenvisageable pour elle. Elle se serait damnée pour un Saint Félicien bien crémeux ou un Comté affiné deux ans. Evidemment, ceci l'obligeait aussi à conserver dans son alimentation le pain et le vin car manger du fromage sans l'un ou l'autre n'était pas concevable. Elle se donnait bonne conscience en se disant qu'elle limitait ces excès au dimanche (et parfois au lundi car il ne fallait pas gâcher) et que donc pendant six jours (bon, mettons cinq) elle suivait son régime de manière sérieuse. Pour achever de rassurer sa conscience, elle acheta toutes sortes de fruits exotiques et de légumes qui arrachèrent un commentaire horrifié à sa fille. Cette semaine, elle n'aurait pas besoin de remplacer la goyave par de la pomme et pourrait même préparer un gratin de cristophines. Elle avait constaté que les cristophines à la vapeur n'avaient aucun succès auprès de sa fille et son mari alors que, gratinées avec de la crème et du fromage, ils adoraient ça. Elle faisait donc une entorse de plus à l'orthodoxie diététique mais c'était pour la bonne cause, celle de l'éducation de sa fille à la diversité alimentaire. Il était parfois nécessaire de faire passer ses propres préférences après son devoir de mère, se dit-elle avec un soupir satisfait. (Bon, n'en fais pas trop non plus, les cristophines bouillies ça n'a rien de génial ! ricana sa petite voix intérieure, mais elle la fit taire immédiatement, c'était si bon de se sentir une Mère Irréprochable.)

Arrivée à la maison, elle rangea ses courses et commença à préparer le déjeuner. Lorsqu'elle ouvrit le paquet, l'odeur de la viande lui sauta au visage. On aurait dit une charogne oubliée au soleil pendant plusieurs jours (ce qui était peut-être le cas). Il était hors de question qu'elle fasse manger ça à sa famille, voire au chat, même si le boucher prétendait que les connaisseurs préféraient la viande rassie. Empoignant précautionneusement le papier du bout des doigts, elle referma le paquet et le jeta à la poubelle. Elle avait l'impression désagréable de s'être fait avoir et avait bien l'intention de protester auprès de l'escroc dimanche prochain. En attendant, comme il fallait bien nourrir son petit monde et qu'il était près de treize heures, elle prépara des spaghettis Carbonara avec beaucoup de crème (pardon, chers amis italiens !) et de parmesan parce que tant qu'à faire une entorse au régime autant se faire plaisir. Elle prendrait double ration de gélules amincissantes et se contenterait d'une salade le lendemain midi.

Après une solide ration de spaghettis, une assiettée de fromages divers arrosés d'un Chianti ramené des dernières vacances en Italie, et une salade de fruit additionnée d'une boule de glace à la vanille, Camille se sentit repue, détendue mais pour tout dire assez somnolente. Même si elle savait que son devoir de mère consistait à trouver une activité ludique mais néanmoins éducative pour sa fille ou, à défaut, à l'emmener au parc, elle n'avait qu'une envie : faire la sieste. Pas une sieste crapuleuse comme le recommandent les sexologues des magazines, non, un bon vieux roupillon pour récupérer des fatigues de la semaine. Olivier soupira d'un air de martyr mais ce coup-ci Camille ne céda pas. Elle était tellement fatiguée que si elle accompagnait Lilou au parc, elle s'endormirait à coup sûr sur un banc. Elle gèrerait les humeurs de son mari quand elle serait plus reposée. Elle ôta à la va vite ses vêtements, les jeta sur une chaise et se coucha, le chat blotti contre sa joue. La dernière chose dont elle eut conscience fut sa petite voix intérieure qui la félicitait : « Bravo ma vieille, on va finir par faire quelque chose de toi ! ».

Quand Camille se réveilla, il était plus de dix-sept heures et l'appartement était silencieux.

* * *

Chapitre 6

Camille franchit le portillon de sécurité en courant. Elle était très en retard pour sa première réunion de la journée. Il faut dire que, comme tous les dimanches soir, elle avait eu du mal à trouver le sommeil (la sieste de l'après-midi n'avait sans doute pas aidé). Elle avait passé des heures à se tourner et retourner dans son lit, l'estomac noué en pensant à ce qui l'attendait le lendemain matin. Dès qu'elle commençait à s'endormir, il lui semblait entendre la voix sèche d'Astrid lui demander où elle en était et elle se réveillait alors en sursaut, le cœur battant. Lorsque son réveil avait sonné, elle l'avait fait taire et avait laissé passer plusieurs sonneries avant de s'arracher au confort douillet de son lit. Comme c'est souvent le cas lorsqu'on est pressé tout avait ensuite été de travers : Lilou avait renversé son bol de cacao, le chat avait vomi sur le tapis du salon et Camille avait réalisé qu'elle n'avait plus de chemisier repassé. Elle fouilla dans son placard pour dénicher à défaut un T-shirt un peu sophistiqué ou un pull habillé. Elle finit par mettre la main sur une petite merveille de pull brodé qu'elle ne se souvenait pas avoir jamais possédé mais qui ferait tout à fait l'affaire avec sa jupe crayon noir.

En arrivant sur le quai du **RER**, elle avait constaté que son train était encore retardé. Bref, elle avait maintenant plus de dix minutes de retard et était au bord de la panique. Heureusement, en arrivant sur l'open space, elle constata qu'Astrid n'était pas en vue. Les choses auraient pu être pires : certes il était neuf heures quinze mais personne ne lui criait dessus. Elle avait même le temps d'aller faire pipi pendant que son ordinateur démarrait. Les toilettes de la tour étaient très design : lavabos en verre, éclairage tamisé, béton ciré sur le sol. Sur une table, il y avait même un bouquet de fleurs séchées, une boite de mouchoirs multicolores et des bâtonnets dans un pot de parfum d'ambiance. Elle était toujours étonnée du contraste entre les confortables cabines des sanitaires et la froideur impersonnelle des bureaux. A la réflexion, l'architecte qui avait conçu la tour Alysée n'avait sans doute jamais imaginé que ses vastes espaces seraient transformés en plateaux où s'entasseraient des centaines de salariés semblables à des volatiles dans un poulailler industriel... Il rêvait sans doute de ces bureaux chics pour senior manager, avec table en verre noir, tableaux au mur et vue sur la Tour Eiffel. Elle pénétra dans une des cabines, ferma la porte et s'assit sur les toilettes, savourant pleinement cet instant de calme après la panique du matin et avant le stress des réunions. Elle ferma les yeux et se laissa aller à la détente pendant quelques minutes. Une vibration de son BlackBerry la tira de sa somnolence. Un message lapidaire d'Astrid annonçait une réunion de crise à neuf heures trente soit très exactement dans douze minutes. Camille bondit sur ses pieds, se rhabilla et tenta d'ouvrir la porte. La poignée lui resta dans la main. Design et solidité ne vont pas toujours de pair. Elle essaya de la remettre en place mais ça ne marchait pas. Elle était coincée et la réunion commençait dans à peine dix minutes. Prise de panique, elle tapa sur la porte de toutes ses forces. Une voix de l'autre côté lui répondit :

- Qu'est-ce qu'il se passe ? vous avez un problème ?
- Je suis coincée, je ne peux pas ouvrir. Pouvez-vous m'aider ?

Son interlocutrice tourna à son tour la poignée extérieure qui ne voulut rien savoir.

- Ça ne marche pas. Je vais aller chercher de l'aide.

Mon dieu ! Non seulement elle allait être en retard mais en plus elle serait désormais connue comme celle qui était restée coincée dans les toilettes... C'était à mourir de honte ! Elle essaya de retenir sa collègue mais celle-ci s'était déjà précipitée dehors. Un vent de panique souffla sur elle. Que faire ? C'est dans les moments de crise qu'on reconnait un vrai chef, disait toujours le grand-père de Camille. Il était temps de montrer ce qu'elle valait ! Il fallait sortir coute que coute avant l'arrivée des secours. Avec un peu de chance son interlocutrice n'avait pas reconnu sa voix et elle pourrait s'en tirer à bon compte. La seule option semblait être de passer par-dessus la porte. Heureusement les cabines n'étaient séparées que par des demi-cloisons. Avec un peu d'agilité, il devait être possible de les escalader.

Elle ferma le couvercle des toilettes et grimpa dessus. Hélas, même en se mettant sur la pointe des pieds, elle était encore trop basse pour escalader la cloison. Elle chercha des yeux un point d'appui plus élevé. La seule possibilité paraissait être le dévidoir de papier toilette. Il était en métal et semblait fixé solidement au mur donc pourquoi pas ? Elle enleva ses escarpins et les passa sous la porte puis remonta sur les toilettes et leva le pied gauche aussi haut qu'elle put. À ce point elle dut se rendre à l'évidence : une jupe crayon était certes à la fois élégante et sexy mais ce n'était vraiment pas la tenue idéale pour pratiquer l'escalade. Elle essaya de la remonter sur ses hanches mais la coupe était trop étroite du bas pour dépasser le niveau de ses cuisses bien rebondies. Il n'y avait d'autre choix que de l'enlever. A la guerre comme à la guerre, elle se déshabilla en un éclair et le vêtement suivit le même chemin que les chaussures. Enfin libre de ses mouvements, elle escalada précautionneusement le porte-papier toilette et, prenant appui sur ses bras, se hissa à cheval sur la demi-cloison. Arrivée là-haut il ne lui restait plus qu'à se laisser glisser à l'extérieur sans filer ses bas et le tour était joué. « Grand-père, tu peux être fier de ta petite fille ! », jubila-t-elle.

C'est à ce moment que la porte s'ouvrit et que sa collègue revint avec de l'aide. « Et Merde ! Elle ne pouvait pas attendre cinq minutes de plus, celle-là ? En plus elle n'a rien trouvé de mieux que de ramener Mr Big Boss lui-même, le patron de Banana Software France ! Elle est stupide ou bien elle a décidé de m'anéantir ? » Pendant un bref moment, Camille caressa l'espoir insensé qu'Edouard Delvaux ne la verrait pas mais franchement il aurait fallu être aveugle ou idiot pour ne pas la remarquer. Il aperçut d'abord la jupe et les chaussures puis leva le regard et la regarda, interloqué. Un silence gênant s'installa. Il dura quelques dizaines de secondes pendant lesquelles Camille se demanda frénétiquement s'il était possible de se suicider en sautant d'une cloison de deux mètres de haut. Finalement ce fut son patron qui mit fin à ce moment embarrassant :

- On m'avait dit qu'il y avait une demoiselle en détresse à secourir mais je vois que vous vous en tirez très bien toute seule.
- Oui, merci.
- (Mais il sourit, ce con, il se fiche de moi !!!!!!)
- Vous voulez que je vous aide à descendre ?
- Merci. Je vais y arriver.
- Comme vous voulez...

Camille passa la deuxième jambe par-dessus la cloison et se retrouva assise, les pieds dans le vide sous le regard goguenard de Edouard Delvaux. Soudain la perspective de sauter de deux mètres de haut ne l'enthousiasmait plus tant que ça. Elle réalisa que le plus facile serait surement de se mettre en appui sur ses bras et de se laisser glisser. Ça semblait assez facile en théorie, mais en pratique quand vous êtes perchée là-haut en Dim-up et que votre chef vous observe, les choses sont beaucoup plus compliquées. Camille prit une grande inspiration et se lança dans une manœuvre audacieuse, à l'issue de laquelle elle se retrouva, le ventre sur le haut de la cloison et les jambes à l'extérieur. Le plus dur était fait. Il ne restait plus qu'à descendre sans se blesser. Elle se laissa glisser précautionneusement, quelques centimètres à la fois. Elle sentit avec horreur son chemisier remonter le long de ses hanches mais il était hors de question de lâcher prise pour le réajuster. De toute façon, Mr Big Boss avait déjà pu reluquer ses bas et son shorty en soie verte brodée sous tous les angles et par conséquent il ne restait plus grand-chose à sauver de sa pudeur, sans parler de son amour-propre... Elle continua donc à descendre centimètre par centimètre en priant le ciel que ses pieds rencontrent rapidement le sol. Hélas, celui-ci semblait reculer avec perversité à chaque fois qu'elle s'en approchait et elle commençait avoir mal aux bras, sans mentionner sa poitrine qui frottait douloureusement contre le haut de la porte. Elle allait se résoudre à sauter dans le vide quand elle sentit qu'on l'agrippait par la taille. Elle lâcha tout et se retrouva debout, par terre, face à un Delvaux franchement amusé.

- Je suis sincèrement désolé d'avoir interrompu vos exploits mais j'ai une réunion dans trois minutes et je ne veux pas être en retard.

Il se pencha et ramassa la jupe de Camille qu'il lui tendit avec un grand sourire :

- Vous feriez mieux de remettre ceci. Le règlement intérieur est assez strict sur le chapitre de la décence.

Camille marmonna un merci et attendit qu'il soit sorti pour se rhabiller. Elle avait les joues en feu et ses jambes flageolaient. Elle aurait adoré s'enfermer dans les toilettes pour pleurer tout son soul mais, après ce qu'il venait de lui arriver, ça aurait été tenter le diable. Elle se contenta donc de passer un peu d'eau sur son visage et de respirer à fond pour retrouver son calme. Elle allait y parvenir quand la porte s'ouvrit violemment et Astrid entra :

- Mais Camille, qu'est-ce que tu fais ici ? La réunion va commencer. Dépêche-toi donc au lieu de te pomponner !

Et elle repartit en trombe. Elle n'avait même pas remarqué la mine défaite de sa collaboratrice. Camille la suivit plus doucement. Elle prit son cahier sur sa table et entra en salle de réunion. Elle était en retard et Astrid lui jeta un regard noir. Elle s'assit dans un coin de la salle et se fit toute petite. Bizarrement, il était neuf heures trente-cinq et la réunion ne commençait pas. La raison devint évidente lorsque la porte s'ouvrit et que Edouard Delvaux entra. On attendait Mr Big Boss. Astrid se fit tout sourire :

- Edouard, comme c'est aimable à toi de t'être libéré aussi rapidement pour assister à notre réunion.
- Mais elle ROUCOULE ! La psychopathe en pince pour le bel Edouard !

- Considérant que cette réunion a lieu à ma demande, ça me paraissait un peu normal. J'ai regardé le dernier plan projet et je suis atterré. Comment peut-on présenter un truc pareil à nos clients ? Un coup nous livrons en juin, un coup en mars, sans qu'on sache comment on arrive à gagner quatre mois d'un coup de baguette magique. Une simple extrapolation sur le planning actuel montre de toute façon que si on continue à ce rythme on ne livre ni en juin ni mars mais plutôt en décembre ou à la mi-Carême si tout va bien.

Tout le monde plongea son nez dans ses notes. Camille sentit qu'elle devait défendre son travail.

- Je suis désolée, Edouard, la date considérée par l'équipe projet comme la plus adaptée est juin mais nos clients (et cette vieille bique d'Astrid) ont insisté pour avoir une livraison plus rapide. Nous travaillons à avancer la date de livraison mais tout n'est pas encore finalisé.
- Ah oui ? Je serais curieux de voir comment vous allez réaliser ce miracle.

- Eh bien, nous avions pensé réduire les fonctionnalités à livrer et faire travailler les équipes le weekend.

- Donc vous allez pousser les équipes au burnout pour livrer quelque chose qui ne répond pas au besoin ?

- Le problème c'est que les demandes de nos clients changent en permanence et que nous rencontrons des difficultés à obtenir des réponses à nos questions. (Et nous n'avons aucun soutien de notre manager qui trouve plus facile de nous crier dessus).

- Camille, ceci n'est pas une excuse ! Tu ne peux pas blâmer le reste du monde pour ton incompétence.

Camille tressaillit sous l'insulte. Elle avait beau être habituée au caractère impossible d'Astrid, être attaquée de la sorte en présence du Directeur était vraiment insupportable. Elle refréna les larmes qui lui montaient aux yeux.

- Ce n'est pas une excuse, le planning montre que nous sommes très en retard sur la définition des fonctionnalités à livrer et que nous avons dû refaire ce travail plusieurs fois.

Astrid lui lança un regard venimeux mais avant qu'elle ne puisse intervenir, Edouard Delvaux prit la parole :

- Dans ce cas, je ne crois pas une seule seconde qu'en faisant travailler nuit et jour les équipes nous arriverons à rattraper ce retard.
- En effet.
- Camille, je me suis laissé dire que tu avais un certain talent pour trouver des solutions créatives et audacieuses à des situations apparemment désespérées.

Camille s'empourpra. Il n'allait quand même pas raconter ici et maintenant sa mésaventure dans les toilettes ! « En même temps, si après t'avoir vue en culotte, il veut que tu lui prouves ta créativité, ça peut ouvrir des perspectives intéressantes »

- Si tu avais une totale liberté sur la manière de conduire ce projet, que ferais-tu pour le remettre d'aplomb ?

Camille poussa un profond soupir de soulagement. C'était une question à laquelle elle avait tellement réfléchi ces derniers temps qu'elle aurait pu y répondre dans son sommeil. Elle évita de regarder Astrid et se lança :

- En fait, je pense qu'il faudrait changer totalement notre méthode de gestion de projet. Nous avons une approche trop rigide, pas assez réactive. Si nous implémentions une approche plus agile alors nous pourrions traiter les demandes de nos clients en temps réel. Il faudrait aussi répartir l'équipe en petits groupes très autonomes incluant des représentants des utilisateurs comme ça on pourrait connaître leur avis immédiatement et corriger si ça ne convient pas. En fait, c'est un peu long à expliquer mais c'est une méthode qui est déjà utilisée dans pas mal d'autres sociétés et qui permet de diminuer considérablement les délais de livraisons sans sacrifier la qualité.

- J'en ai entendu parler. C'est effectivement une piste intéressante. Pourquoi ne l'avez-vous pas déjà explorée ?

- Eh bien…. Je… la méthode…

Camille se mit à bafouiller. Comment répondre à cette question sans dire crûment qu'Astrid lui avait crié dessus quand elle avait abordé le sujet et lui avait dit qu'elle ne la laisserait en aucun cas faire des expérimentations hasardeuses sans respect pour les procédures en vigueur. Étrangement, sa chef ne se pressa pas non plus pour répondre. Un silence pesant s'établit. Il dura plusieurs minutes. Finalement, Edouard Delvaux se tourna vers Astrid :

- Astrid, ce n'est pas à Camille que je devrais poser la question. En tant que responsable de la division Projets il est de TA responsabilité de mettre en place des méthodes efficaces. Si tu ne te montres pas plus créative, tes équipes vont droit à l'épuisement sans aucune garantie d'atteindre les objectifs.

Astrid devint livide. Elle fusilla Camille du regard.

- Bien sûr, Edouard. Nous allons implémenter une méthode, euh…, habile au plus vite
- En fait, compte tenu de l'importance de ce projet, je pense que je vais le suivre moi-même. Camille, tu prendras contact avec Sabine, mon assistante pour qu'elle te programme une réunion de trente minutes avec moi chaque semaine.

En sortant de la salle de réunion, Camille se demandait encore si elle devait se réjouir de la décision prise par son Directeur. Certes, il avait reconnu l'intérêt de ses idées, ce qui était flatteur, mais Astrid allait lui en vouloir à mort et elle la connaissait assez pour savoir qu'elle le lui ferait payer au prix fort. De plus, la perspective de passer une demi-heure chaque semaine en tête à tête avec celui qui l'avait vue faire des acrobaties en sous-vêtements l'embarrassait franchement. D'un autre côté, c'était une occasion inespérée de faire oublier cet intermède peu glorieux et de montrer ses capacités professionnelles. Par ailleurs la quasi-totalité des employées de Banana Software France, et peut-être certains hommes aussi, fantasmaient sur le bel Edouard, sa carrure d'athlète, son regard noisette, son sourire charmeur, « *son joli petit cul* » ... Elle allait surement faire des envieuses, à commencer par Astrid visiblement. De toute façon, elle n'avait pas vraiment le choix donc autant faire bonne figure.

De retour à son bureau, Camille se mit immédiatement au travail. Elle se sentait pleine d'énergie et son équipe réagit avec enthousiasme à l'idée d'explorer de nouvelles approches plus modernes au lieu de devoir suivre à la lettre une méthodologie que la plupart d'entre eux considéraient comme obsolète et pour tout dire très ennuyeuse. Tout le monde s'était réuni dans une salle et les propositions fusaient lorsqu'Astrid fit son entrée, sans frapper. Un rictus de colère enlaidissait son visage botoxé. Le silence se fit d'un coup, comme si sa seule présence courroucée suffisait à geler l'atmosphère. Si un regard pouvait tuer, Camille se serait écroulée, foudroyée.

-   Félicitations ! Je ne sais pas comment tu as fait mais tu as réussi à vendre tes idées farfelues à Edouard Delvaux. Seulement, ne rêve pas, maintenant il va falloir faire tes preuves et là, ça va demander un peu plus que quelques belles phrases et un sourire aguicheur !

Camille sursauta, piquée au vif. Cette garce laissait sous-entendre que ce n'était pas la valeur de ses idées mais ses manœuvres séductrices qui avaient emporté l'adhésion de leur chef, et devant toute l'équipe en plus !

- *Non mais, envoie-la donc se faire voir, cette vieille peau ! Place aux jeunes !*

- C'est noté, Astrid. Je te tiendrai au courant de l'avancement du projet et des commentaires d'Edouard.

- TU me tiendras au courant ? Mais, que crois-tu ? Que tu vas pouvoir en faire à ta tête maintenant que tu es bien vue du chef ?

Toute l'équipe suivait l'échange, se demandant comment elle allait se sortir d'une pareille situation.

- Pas du tout. Je voulais juste dire que j'étais parfaitement consciente de l'importance de ton rôle de manager et que bien entendu, même si Edouard exige que je lui rende compte directement, je continuerai à faire des points fréquents avec toi et à suivre tes recommandations.

- Lâche !

- C'est bien, mais ne t'avise pas de prendre la grosse tête ! Tu n'en as pas l'envergure ! Et vous autres, au travail, vous avez assez perdu de temps comme ça ! lâcha perfidement Astrid en sortant de la pièce.

Après son départ, l'équipe reprit ses discussions mais l'élan avait été brisé.

Le soir, lorsqu'en rentrant chez elle, Camille raconta sa réunion à Olivier, il se montra très fier d'elle, même si ces histoires de gestion de projets lui semblaient assez obscures. Au fond, ce qui lui importait c'était que sa femme ait enfin eu l'occasion de se voir reconnue en dépit de son dragon de chef. Évidemment, elle avait omis l'épisode des toilettes car elle n'était pas très convaincue qu'il aurait approuvé qu'elle montre ses Dim-up et sa lingerie à son directeur, même accidentellement. Elle n'avait pas non plus mentionné qu'il s'agissait de l'homme le plus séduisant de la société et elle était presque certaine qu'il l'imaginait plutôt comme un vieux sage débonnaire.

Il aurait sans aucun doute été blessé de savoir qu'il lui arrivait d'entretenir des rêveries assez coquines au sujet de Edouard Delvaux.

* * *

Chapitre 7

Ce soir-là Philippe était rentré plus tôt qu'à l'accoutumée. Il avait eu une dure journée au bureau et ses disputes incessantes avec Vanessa le laissaient continuellement épuisé, ce qui faisait que vers dix-huit heures il avait éteint son ordinateur et décidé de s'octroyer une soirée au calme. Sa bientôt ex-femme devait être à son club de sport comme tous les lundis soir. Il pourrait savourer tranquillement un verre de son whisky préféré en écoutant du jazz. Il poussa la porte d'entrée et s'arrêta. Quelque chose d'indéfinissable, sans doute un vieux reste d'instinct ancestral, lui signala qu'il n'était pas seul. Il appela :

- Vanessa ?

Mais seul le silence lui répondit. Mal à l'aise, il pénétra dans le salon et là, il LA vit. Elle était grande et dans un autre contexte ses formes parfaites l'auraient surement alléché mais ce qui le frappa en premier ce fut l'expression de pure haine qui déformait son visage. Elle lui évoqua les masques des Furies grecques qu'il avait vus dans un musée. La déesse de la Vengeance, voilà à quoi ressemblait la femme qui lui faisait face. Ceci était renforcé par ce qu'elle tenait à la main : une tronçonneuse. Dès qu'elle le vit, elle démarra l'engin et fit un pas dans sa direction sans cesser de le fixer d'un air mauvais. Il recula et se cogna contre une commode. Elle continua d'approcher d'un air menaçant, lentement, comme si elle savourait chaque instant de la terreur qui se peignait sur la figure de Philippe. Celui-ci tenta de se diriger imperceptiblement vers la porte. Il s'efforçait de ne pas rompre le contact visuel, comme son père lui avait appris à faire avec les chiens agressifs. Il sentit sous sa main le coin du meuble, il devait approcher de la sortie. Encore quelques dizaines de centimètres et il pourrait bondir dans l'entrée et atteindre l'escalier. Comme si elle avait deviné ses plans, la femme fit un pas sur le côté et se plaça entre lui et la sortie. Un sourire hideux lui tordit la bouche et elle fit vrombir la tronçonneuse devant lui. Il sentit une sueur glacée couler dans son dos. C'était une chose de regarder des films d'horreur au cinéma mais en vivre un à domicile était beaucoup moins plaisant. Il décida de parlementer.

> – Écoutez, Madame, je pense que vous avez dû vous tromper d'adresse. Vous avez sûrement des raisons légitimes d'être en colère mais je ne vous connais pas.

- TAIS-TOI, IMMONDE SALOPARD ! JE VAIS TE TRANSFORMER EN CHAIR A PATE. JE VAIS TE FAIRE BOUFFER TES COUILLES !

- Mais, je vous assure qu'il y a erreur sur la personne. Je suis bien certain que si je vous avais rencontrée, je me souviendrais de vous.

- MOI, JE ME SOUVIENS DE TOI, ORDURE !

- Et puis j'aime trop les femmes pour les faire souffrir, surtout quand elles sont aussi belles que vous.

La femme marqua une pause. Elle semblait réfléchir. Il décida de pousser son avantage.

- Pourquoi ne posez-vous pas cet engin ? Asseyons-nous donc sur le canapé et vous me raconterez vos malheurs. J'ignore qui vous a fait du mal mais une jolie femme ne devrait jamais souffrir. Laissez-moi vous faire oublier ce malotru !

Il avait inconsciemment pris sa voix de séducteur, douce, veloutée, celle qu'il savait irrésistible auprès de la gent féminine. Le serpent de la Genèse devait avoir le même timbre. Il accompagna son discours d'un sourire amical et tendit la main vers la femme. Il la retira aussitôt et sauta en arrière, évitant de peu la lame de la tronçonneuse. Loin d'être calmée par les paroles rassurantes, la colère de la Furie semblait maintenant déchainée. Elle abattit la tronçonneuse sur le tableau de la commode qu'elle trancha en deux. Philippe en profita pour courir se cacher derrière un fauteuil qui connut le même sort. Dans sa rage la femme détruisait tout : la table basse Gae Aulenti, le canapé Giovanetti, la console Louis XV relookée par Midori. L'écran plat incurvé rendit l'âme dans une gerbe d'étincelles. La chaine stéréo Bang & Olufsen le suivit de peu ainsi que le décodeur. Les somptueux rideaux en velours gris perle furent réduits en lambeaux. Elle atomisa le vase en verre de Murano et pulvérisa le miroir Starck. Le portrait de Yue Minjun perdit son sourire dans un ronflement de moteur. Il ne semblait pas y avoir de limite à sa fureur destructrice. Alors qu'il croyait sa dernière heure arrivée, Philippe s'aperçut qu'il était maintenant entre la folle et la porte. D'un bond désespéré, il se précipita vers la sortie et s'engouffra dans l'escalier. La mégère la suivit, tronçonneuse au poing mais n'alla pas plus loin que le palier. Depuis la rue, il entendit le ronflement du moteur, alors qu'elle continuait à ravager l'appartement. Sans perdre de vue l'entrée de l'immeuble, au cas où la folle aurait finalement décidé de le poursuivre, il sortit son portable et appela la police. Une voix légèrement ennuyée lui répondit et il entreprit d'expliquer son problème. A mesure qu'il parlait, il se rendait compte que son histoire semblait abracadabrantesque. Le policier finit par l'interrompre :

- Du calme, résumons : une parfaite inconnue est en train de ravager votre appartement et a essayé de vous tuer à l'aide d'une tronçonneuse.
- C'est exactement ça.
- Est-ce que vous vous sentez bien, Monsieur ?
- J'ai eu la peur de ma vie mais à part ça je vais bien.
- Vous n'avez consommé ni alcool ni drogues ou pris des médicaments ?
- Bien sûr que non ! Venez donc vous rendre compte par vous-même.
- Monsieur, j'espère que vous êtes conscient qu'il est interdit de déplacer la police pour rien. Si ceci est une plaisanterie, vous êtes passible d'une amende.
- Mais ce n'est pas une blague, Bon Dieu ! Cette dingue a failli me découper en rondelles !
- Bien, je vous envoie une patrouille. Surtout ne cherchez pas à rentrer dans l'appartement.
- Pas de risques, je ne suis pas suicidaire !

Dix minutes plus tard, une voiture de police s'arrêta près de Philippe et trois officiers de police, deux hommes et une femme, en descendirent. Ils avaient enfilé un gilet pare-balle

74

et un casque et étaient armés. Ils montèrent l'escalier, en lui donnant l'ordre de ne pas les suivre sans y être invité. Quelques secondes plus tard, l'un des policiers redescendit et lui fit signe de venir.

- Alors, vous l'avez vue ?
- Qui ça ?
- Mais la dingue qui a failli me trucider !
- Je crois qu'il vaut mieux que vous montiez Monsieur.

Éberlué et guère rassuré, Philippe le suivit. L'appartement était sens dessus dessous. Aucun meuble ne semblait intact. On aurait dit un champ de bataille. Au milieu du salon, assise sur ce qu'il restait du canapé, Vanessa serrait dans ses mains un tableau qu'ils avaient chiné ensemble de nombreuses années auparavant. Il avait été littéralement coupé en deux. La jeune femme leva son visage couvert de larmes vers lui.

- Pourquoi as-tu fait ça ?
- Mais je n'ai rien fait. Ce n'est pas moi !
- Tu te fiches de moi ?
- Madame, tenta un policier, votre époux nous a
  appelés il y a un quart d'heure pour nous dire qu'une
  folle était en train de ravager l'appartement à l'aide

d'une tronçonneuse. D'ailleurs, la tronçonneuse est effectivement toujours dans l'entrée.

- Une folle ? mais c'est moi qui vais devenir folle si tu ne m'expliques pas, Philippe !

Son futur ex-mari entreprit de lui raconter son expérience terrifiante avec la Furie. Il passa prudemment sous silence sa pitoyable tentative de drague et insista sur le danger auquel il avait échappé. Une chose néanmoins l'intriguait : comment cette dingue avait-elle réussi à disparaitre alors qu'il n'avait pas quitté la porte de l'immeuble des yeux ? Et d'ailleurs quand Vanessa était-elle rentrée, il ne l'avait pas vue non plus ?

- Ça fait une dizaine de minutes que je suis ici et je peux t'assurer qu'il n'y avait personne à la maison quand je suis rentrée.
- Je ne t'ai pas vue rentrer.
- Eh bien tu devais être distrait, sans doute occupé à mater une passante, comme d'habitude...
- Mais non !
- Écoute : tu ne m'as pas vue rentrer et tu n'as pas vu la dingue sortir donc on peut en conclure que tu n'étais pas très attentif, non ?

Le ton menaçait dangereusement de monter, mais les policiers ramenèrent habilement la conversation sur des sujets plus terre à terre.

- Avez-vous quelque part ou passer la nuit en attendant que la porte ne soit réparée ?
- Je peux aller chez mon amie Camille et je suppose, Philippe, qu'une de tes maitresses t'hébergera bien.
- Très drôle ! J'irai à l'hôtel.
- Bien, prenez les choses de valeurs qui ont été épargnées. Vous pouvez passer au commissariat faire votre déposition maintenant ou bien demain matin si vous préférez. Entre temps, nous ferons des rondes pour éviter que vous ne soyez en plus cambriolés.

Bien sûr, Camille ne fit aucun problème pour accueillir son amie. Ce n'était pas qu'il détestait l'amie de son épouse mais lorsque les deux femmes étaient ensemble, il ne reconnaissait plus sa chère et tendre. Il se sentait exclu de leurs fous rires et se demandait toujours s'il n'en était pas l'objet. Néanmoins, vues les circonstances, il lui aurait été difficile de refuser l'asile à l'amie de sa femme. D'un commun accord, les adultes évitèrent de discuter des raisons de la présence de Vanessa devant Lilou. Certes Françoise Dolto recommandait de ne jamais mentir aux enfants sous peine de les perturber mais il était quand même probable que lui raconter qu'une folle munie d'une tronçonneuse avait tout détruit dans l'appartement des Antonioni et essayé de tuer Philippe impliquait plus de risques de traumatisme pour la petite fille qu'une version édulcorée du style, il y a eu une grosse fuite chez le voisin du dessus et Vanessa et Philippe ne peuvent plus habiter chez eux. Lorsque Lilou fut couchée, après une histoire racontée par Vanessa, qui, bien que n'ayant aucun désir de maternité, aimait de temps à autres jouer à la « tata modèle » avec ceux des autres, les deux copines s'enfermèrent dans le bureau qui servait aussi de chambre d'amis, laissant Olivier jouer à FIFA 21 tranquillement. Vanessa raconta par le détail ce qu'elle avait vu ainsi que la version donnée par Philippe.

- Dieu sait que ce salaud est un menteur et qu'en règle générale j'ai autant confiance en lui qu'en un serpent à sonnette mais là il avait vraiment l'air sincère. Et puis je ne vois pas bien pourquoi il aurait détruit des choses qui lui appartiennent pour moitié.

- C'est vrai que ça parait illogique. D'un autre côté, il n'a pas vu cette femme sortir de l'immeuble donc comment a-t-elle pu disparaitre ? Par les toits ?

- C'est une option, on peut accéder aux combles depuis le dernier étage et de là, ouvrir un vasistas et sortir sur le toit. C'est un peu acrobatique mais je n'ai pas l'impression que cette nana soit une petite nature.

- C'est le moins qu'on puisse dire : attaquer ton mari avec une tronçonneuse, il faut oser.

- Ex-mari. En même temps, il ne m'a pas non plus vue arriver donc il ne devait pas surveiller l'entrée tellement efficacement.

- Quel sac de nœuds ! Est-ce que la police a des pistes ?

- Non, ils ont relevé les empreintes digitales et emmené la tronçonneuse comme pièce à conviction.

- Espérons qu'ils seront plus efficaces que sur les autres cas. Cette dingue a déjà frappé au moins quatre fois : chez toi, à la Versaillaise de Crédit, Avenue Montaigne et dans cette autre société dont nous a parlé la fille au club de sport. Pourtant, elle court toujours. Je me demande si la police la recherche réellement.

- Comment ça ?

- Eh bien il y a des caméras de surveillance et des portes badgées dans toutes les sociétés à la Défense et le magasin Nadia Moretti est aussi surement équipé d'un circuit de vidéo surveillance vu le prix des vêtements qu'ils vendent. Comment se fait-il que cette femme n'ait pas été identifiée ?

- Je ne sais pas. Soit ils sont totalement incompétents, soit ils ont identifié cette femme mais elle est protégée en haut lieu.

- Tu crois ? Oui et dans ce cas-là ce n'est pas près de s'arrêter.

- Tout de même, elle vient d'essayer de tuer Philippe.

- C'est vrai, ce serait bien qu'on la retrouve... pour que je puisse au moins la remercier.

- Tu es odieuse !

- Je sais, c'est pour ça que tu m'adores : je suis ton côté obscur. Je fais et dis ce que tu n'oses même pas penser.

* * *

Chapitre 8

La Défense, mardi 1ᵉʳ mars, midi.

Camille profita de sa pause déjeuner pour effectuer des recherches sur la mystérieuse criminelle qui narguait la police. Bizarrement, le phénomène semblait agiter le NET mais intéresser assez peu les médias traditionnels. Il faut dire que jusqu'à présent il n'y avait pas eu de sang versé ni de fortune détournée. En fait, on pourrait dire que cette mystérieuse femme avait surtout fait des farces pendables à des personnes qui, au fond, le méritaient bien. Elle trouva mention de plusieurs nouveaux cas : une femme avait fini aux urgences après avoir été contrainte par une grande rousse habillée comme une « pétasse » à avaler des billets de banque. Une dame d'un certain âge avait passé la nuit bouclée dans la cage aux singes du zoo de Vincennes par une black habillée comme Beyonce. Une jeune fille avait été forcée par une superbe brune à poster sur Facebook des photos d'elle-même en culotte petit bateau et le mollet non épilé, ce qui lui avait valu des centaines de commentaires moqueurs ou insultants et avait durablement ruiné son image au sein de son lycée. Ce qui était quand même bizarre c'était qu'à part le type d'actions et le fait que l'auteur était toujours une femme, il semblait y avoir peu de ressemblances entre les coupables : brune, blonde, rousse voire black... soit il s'agissait une championne du travestissement soit on avait affaire à un gang de femmes. Les premiers cas semblaient remonter à janvier donc c'était un phénomène récent. C'était un peu comme si une ou plusieurs femmes avaient décidé de régler leurs comptes au moyen de farces douteuses et parfois dangereuses.

Pour en avoir le cœur net, Camille décida de contacter les personnes qui avaient signalé ces évènements. Elle envoya un mail à ceux qui avaient laissé leur adresse sur les forums où ils avaient posté leur témoignage. Pour faire bonne mesure elle ajouta un appel à témoins sur quelques forums et blogs.

La première réponse ne tarda pas. Elle émanait de la malheureuse qui avait été contrainte d'ingurgiter des billets de banque. En de longues phases tarabiscotées, elle expliquait qu'elle était une épouse abandonnée par un mari coureur de jupons. Elle élevait seule son fils, ne comptant que sur elle-même et une pension de misère que le salopard ne lui versait qu'occasionnellement. Un soir, en rentrant chez elle après être allée chez le coiffeur, elle avait été abordée par une espèce de pétasse rousse qui l'avait menacée avec un couteau à pain et forcée à marcher jusqu'à un distributeur de billets situé dans une rue déserte à cette heure. Là, elle avait été obligée de retirer huit cents euros, de les déchirer avant de les avaler. Lorsqu'elle avait fait mine de se rebeller, elle avait reçu deux gifles et la femme avait déchiré son chemisier en soie Hermès avec la pointe de son couteau ! Un véritable scandale ! Évidemment elle avait été malade et avait dû se rendre à l'hôpital pour subir un lavage d'estomac. Elle avait porté plainte mais même avec le certificat médical de l'hôpital et la copie de sa plainte elle n'avait pas réussi à se faire rembourser par sa banque qui avait décliné toute responsabilité. Son assurance n'avait pas non plus accepté de couvrir les dommages, l'ingestion de billets n'étant pas prévue dans leur police. Quant à son ex, cette ordure avait catégoriquement refusé de verser la pension une seconde fois, alors que c'était vraiment pour le bien de leur fils. En effet, comment allait-elle faire maintenant pour l'emmener en vacances ? Elle avait compté sur cet argent pour pouvoir l'emmener dans un bel hôtel club en Toscane et ce fils de p.... n'était pas prêt à faire le moindre petit effort pour le bien-être de la chair de sa chair. Il avait prétendu que sa société ne se portait pas bien et qu'il ne roulait pas sur l'or en ce moment, mais tout de même ce n'était pas à ELLE ni à leur fils de supporter les conséquences de son choix de quitter un emploi en or pour monter sa société ! Il y en avait plusieurs pages et après les voir lues avec attention dans l'espoir de trouver un indice, Camille ne put s'empêcher de penser qu'en dépit de toute solidarité féminine, elle trouvait des circonstances atténuantes au mari qui avait quitté une telle harpie. Quant à la femme rousse qui avait eu l'idée de faire avaler à cette vampiresse le montant de sa pension alimentaire, il fallait reconnaitre qu'elle avait fait preuve d'un véritable sens de l'à-propos. Bref, encore une fois, Camille avait l'impression d'être face à une farce de sale gosse déterminée à tirer vengeance, avec humour, d'une personne particulièrement désagréable. À part ça, difficile de voir ce qui reliait ces différentes affaires entre elles. Elle était perdue dans ses réflexions quand la voix sèche d'Astrid la fit sursauter :

-   Camille, ce n'est pas parce que tu es dans les petits papiers de Edouard que tu peux te permettre de fainéanter au travail. Tu as quand même un projet à livrer et faire ton mail personnel ne le fera pas avancer !

Camille s'empourpra, bredouilla une excuse et se replongea immédiatement dans la rédaction du dernier compte rendu de réunion projet. Le rythme était tel qu'elle avait toujours plusieurs comptes rendus de retard, ce que ne manquait jamais de lui faire remarquer sa chef (« qui, elle, avait une assistante qui prenait les notes et faisait les comptes rendus », susurra sa petite voix intérieure).

Vers dix-huit heures trente, alors qu'elle s'apprêtait à partir, Camille reçut un appel de Vanessa. Celle-ci semblait tout excitée :

- J'ai réussi à faire amie-amie avec la vendeuse de Nadia Moretti.
- Quoi ? Cette pimbêche !
- Oui, et crois moi, j'ai dû faire des efforts car elle est non seulement prétentieuse mais en plus bête à manger du foin !
- Et alors ? Tu en as tiré quelque chose ?
- Oui. Elle m'a montré les enregistrements de la vidéo surveillance.
- On voit quelque chose d'intéressant ?
- Tu constateras par toi-même. Viens donc me rejoindre au bar de l'hôtel Montaigne et je te montre.
- Maintenant ? On m'attend à la maison. Je vais me faire enguirlander.
- Une maitresse est reine, une épouse est esclave.
- Pardon ?
- C'est un proverbe portugais. Tu ne veux pas appeler ton mari et lui dire que tu vas devoir rester plus tard

parce qu'Astrid t'a demandé de finir un rapport pour demain matin ?

- Je n'aime pas mentir à Olivier.

- Un petit mensonge vaut mieux qu'une grosse dispute.

- Proverbe patagon ?

- Non, précepte personnel. Appelle-le donc en lui disant que j'ai des ennuis et que tu dois passer me voir de manière urgente. C'est très proche de la vérité.

- OK. On se retrouve d'ici une demi-heure.

Trente minutes et d'âpres négociations conjugales plus tard, Camille retrouva son amie au bar de l'hôtel Montaigne. Après avoir commandé deux Bellini qu'elles avalèrent avec deux gélules amincissantes pour faire passer les calories de l'alcool, elles échangèrent les dernières informations relatives à ce qu'elles appelaient maintenant « l'affaire de l'amazone vengeresse ». Vanessa commença par montrer à Camille les vidéos de surveillance qu'elle avait réussi à filmer avec son téléphone lorsque sa nouvelle copine les lui avait montrées. Malgré la médiocrité de l'image due à la faible luminosité, on voyait clairement la vendeuse en train de ranger la boutique et de réorganiser sa devanture pour mettre en valeur les dernières pièces de la collection. Soudain, un camion poubelle percuta la vitre et rentra en marche arrière dans le magasin. La vendeuse recula précipitamment et tomba à la renverse. Avant qu'elle n'ait eu le temps de se relever, la benne bascula et déversa une montagne d'ordures, ensevelissant la malheureuse sous les sacs poubelles. Camille éclata de rire. Pour une fois sa voix intérieure et elle-même étaient d'accord : cette chipie méritait son sort. Sur une autre séquence, filmée par la caméra qui surveillait le fond du magasin, on voyait une femme, le visage caché par un foulard, attraper un sac, un pull et une robe avant de s'enfuir en courant.

- Pas très probant. On ne voit pas le visage de la voleuse. On distingue juste ses cheveux.
- C'est vrai mais tu ne remarques rien d'autre ?
- Ben, non, elle n'a rien de très remarquable.
- Justement. Lorsque j'ai parlé à Ophélie, c'est le nom de la vendeuse, elle m'a décrit sa voleuse comme une grande blonde, sculpturale, très belle et très mince.
- Comment peut-elle savoir si elle était belle alors que son visage était caché par un foulard ?
- Je sais, mais elle a beaucoup insisté sur ce point.
- Bizarre. D'un autre côté, la vidéo n'est sans doute pas de très bonne qualité et ne permet pas bien de juger si la voleuse est grande et sculpturale ou petite et boulotte. Et puis, le foulard a peut-être glissé à un

moment et la vendeuse aura vu le visage de la femme.

- Ça se peut. On peut aussi penser que notre Ophélie s'est fait un gros cinéma et trouve beaucoup plus classe de se prétendre attaquée par un sosie d'Uma Thurman.

- C'est une option. Ça voudrait donc dire qu'on ne cherche pas nécessairement un top model. Pourtant, toutes les descriptions concordent sur ce point : brune, blonde ou rousse, cette femme est toujours absolument superbe. Tiens, regarde le mail que j'ai reçu de la femme qui a dû manger des billets de banque.

Vanessa lut le mail et ricana :

- Celle-là, je devrais lui présenter Philippe, ils feraient la paire !

Les deux amies éclatèrent de rire. Qui qu'elle soit, l'amazone vengeresse savait choisir ses victimes et adapter le châtiment. « Qui a vécu par l'épée, périra par l'épée », cita Camille qui se souvenait de ses cours de catéchisme. « Et qui a vécu par la connerie, périra par la connerie », compléta sa complice d'un ton sentencieux avant de redoubler d'hilarité. Soudain, Camille regarda sa montre et réalisa avec horreur qu'il était presque vingt heures. Malgré les objections de son amie, elle enfila son manteau et se précipita vers la sortie.

* * *

Chapitre 9

Camille respira profondément, comme elle avait appris à le faire au cours de relaxation suivi il y a quelques années, dans sa période sagesse orientale. Hélas, cela ne suffit pas à faire disparaitre le stress qui l'envahissait à la pensée de la réunion prévue avec Edouard Delvaux dans moins de dix minutes. Elle relut sa présentation pour la cinquantième fois au moins pour vérifier qu'aucune erreur ne s'y était sournoisement glissée depuis sa dernière relecture trois minutes auparavant. Elle aurait tellement aimé être de la race de ceux qui ne doutent jamais d'eux et sont capables de parler de n'importe quel sujet devant n'importe quelle audience avec un aplomb imperturbable. Malheureusement, elle était plutôt de ceux qui, quel que soit leur succès, se sentent toujours des imposteurs et redoutent en permanence que quelqu'un s'aperçoive de leur nullité réelle. Elle avait lu quelque part que c'était un complexe très fréquent chez les femmes, pourtant elle doutait fort qu'Astrid ait jamais douté d'elle-même. D'un autre côté, si elle enviait la confiance en elle de sa chef, elle détestait tellement d'aspects de sa personnalité, qu'elle préférait ne pas lui ressembler, même si le prix à payer était ce sentiment lancinant de ne jamais être à la hauteur.

La porte s'ouvrit et Edouard Delvaux l'invita à entrer. C'était la première fois qu'elle pénétrait dans son bureau. Elle ne put s'empêcher de remarquer que si la piétaille s'entassait sur d'immenses open-spaces impersonnels, le directeur, lui, bénéficiait d'une pièce vaste et agréablement décorée. Une épaisse moquette grise recouvrait le sol. Un tableau moderne représentant des voiliers ornait un mur, faisant face à une photographie du départ du grand prix de Formule 1 sponsorisé par Banana Software. Sur le bureau en verre fumé, outre un ordinateur portable dernier cri et une lampe design, se trouvait la traditionnelle photo de famille dans son cadre en argent brossé. Camille s'était souvent demandé si cette photo était là pour donner une image sympathique ou bien pour permettre aux cadres supérieurs obsédés par leur carrière de reconnaitre leur femme et leurs enfants lorsqu'il leur arrivait de les croiser. Edouard Delvaux lui fit signe de s'asseoir à la table de réunion entourée de fauteuils en cuir noir. Elle obéit en silence, ne sachant si parler sans y être invitée serait considéré comme une entorse à l'étiquette. Son directeur s'assit en face d'elle. Pendant un long moment, il ne dit rien, se contentant de la regarder dans les yeux comme s'il cherchait à lire ses pensées. Il avait un regard fascinant, doré comme celui des fauves, ombré d'épais cils noirs qui adoucissaient son expression. Camille, interdite, s'y plongea avec un frisson. Elle avait l'impression d'être encore plus dévêtue que l'autre jour lorsqu'il l'avait surprise en pleine escalade. Son angoisse menaçait de se transformer en panique. Elle éprouvait des difficultés à respirer et ses mains tremblaient. Mais que voulait-il donc ? Pourquoi jouait-il à la déstabiliser de la sorte ? Les joues en feu, elle baissa les yeux et ouvrit son ordinateur portable d'un geste brusque. Son interlocuteur prit la parole. Sa voix chaude et basse était en parfait accord avec le reste de sa personnalité : un homme sûr de lui, charismatique, habitué à diriger mais aussi à séduire.

- Camille, j'ai lu les notes que tu m'as fait passer. J'ai pas mal de questions mais sur le fond, ton approche est intéressante et novatrice.
- Merci. J'ai une présentation qui explique les détails si tu veux.

Edouard s'approcha d'elle pour voir son écran. Une bouffée d'eau de toilette lui chatouilla les narines, un oriental sophistiqué avec des notes de vanille et d'orange amère. Elle respira avec délices ce parfum raffiné et sensuel. « Habit Rouge de Guerlain », lui chuchota sa petite voix intérieure.

- Hmmm, un mec comme ça, c'est une tentation vivante. Dommage que les parois du bureau soient vitrées, je lui prouverais bien ma créativité !

Camille fit un effort surhumain pour se concentrer sur son projet. Elle avait réussi à attirer l'attention de son patron, il ne s'agissait pas qu'il la prenne maintenant pour une gourde incapable d'articuler une pensée cohérente ! S'affoler pour un regard troublant et un parfum sexy, c'est normal quand on a quinze ans, à quarante ans, ça relève de la pathologie ! Heureusement, elle était passionnée par son sujet et assez rapidement la discussion prit un ton beaucoup plus professionnel tandis qu'elle expliquait les mesures à prendre pour remotiver l'équipe et gagner en efficacité. Contrairement à Astrid, elle croyait fermement que lorsqu'on leur fait confiance, la plupart des personnes donnent le meilleur d'elles-mêmes sans qu'il soit besoin de recourir à la menace ou à l'humiliation. Hélas, sa cheffe considérait ses collaborateurs comme une bande de fainéants dont il était impossible d'espérer de quelconques résultats si on ne contrôlait pas la moindre de leurs actions. Alors qu'elle tentait d'expliquer au directeur sa conception du management, tout en évitant de dire de manière ouverte que sa cheffe était une psychopathe aussi apte à encadrer une équipe qu'une carmélite à diriger une maison close, Camille posa sa main sur son avant-bras. Il sursauta et la regarda avec un sourire amusé. Confuse, elle retira précipitamment sa main. Pourvu qu'il n'aille pas imaginer qu'elle cherchait à le séduire ! « Mais si ça arrivait par un coup du sort, ça ne serait pas si mal, non ? »

- Eh bien, quel enthousiasme ! Puisque tu sembles tellement convaincue, je te donne carte blanche pour implémenter ton approche.
- Mais, et Astrid ? Elle, comment dire ? elle ne partage pas totalement ma vision des choses.
- Je m'en doute ! Considère qu'à partir de maintenant, tu me rapportes directement et tu n'as plus de comptes à lui rendre.
- Je crains qu'elle n'apprécie pas.
- Tant pis. Ma décision est prise. Ne me déçois pas.

Tout en parlant, il la regarda à nouveau dans les yeux et Camille se demanda si sa dernière phrase ne contenait pas un peu plus qu'une exigence professionnelle. Elle se força néanmoins à ignorer sa petite voix intérieure, il n'était pas question de mettre en risque son couple et sa carrière pour un flirt avec un homme, fût-il le plus séduisant rencontré depuis de nombreuses années. Elle n'allait pas gâcher une chance pareille parce que ses hormones faisaient la sarabande dès que le bel Edouard était à proximité !

De retour à son bureau, Camille commença à travailler avec ardeur à la mise en œuvre de ses propositions. Elle n'était pas assise depuis plus de dix minutes lorsqu'Astrid se planta devant elle, l'air courroucé. Son visage était crispé, sa bouche pincée n'était plus qu'un mince trait, ses yeux lançaient des éclairs. Visiblement, elle n'appréciait pas que sa collaboratrice ne soit pas venue lui faire un compte-rendu de son entrevue avec le directeur immédiatement. Sans lui laisser le temps de dire un mot, elle commença à l'abreuver de reproches. Sa voix furieuse se détachait sur le silence ambiant. C'était vraiment embarrassant et Camille lui proposa d'aller plutôt s'expliquer dans une salle de réunion mais bien entendu sa cheffe refusa, trop contente de pouvoir l'humilier devant ses collègues qui suivaient maintenant l'altercation avec intérêt. Pendant plusieurs minutes, Camille, pétrifiée, la laissa la traiter de tous les noms, lui reprocher son manque de professionnalisme et de fiabilité, son ambition que rien de justifiait vue sa nullité. Puis, soudain, elle explosa à son tour.

- Ça suffit ! hurla-t-elle. De quel droit me parles-tu sur ce ton ? Et devant toute l'équipe en plus !

Astrid accusa le coup. C'était la première fois qu'une de ses victimes se rebiffait en public. Elle continua néanmoins :

- Pour qui te prends-tu ? Tu penses peut-être que les faveurs de Edouard te mettent au-dessus des autres ? Mais tu te trompes ma petite. Ici c'est moi qui commande, ne l'oublie pas !

Un silence de mort plana sur le plateau. Plus personne ne travaillait. Cependant Camille était trop remontée pour s'arrêter maintenant. Elle se leva, regarda Astrid droit dans les yeux et lui lança d'une voix implacable :

- En fait, non. Il se trouve que tu n'es plus ma chef et que je rapporte désormais directement à Edouard donc, à l'avenir, tu peux garder tes commentaires pour toi. Maintenant, j'ai du travail et je te prierais de me laisser tranquille.
- Menteuse !
- Tu veux lui poser la question ? Pas de problème, il est juste derrière toi.

Astrid se retourna, piquée au vif. Appuyé contre le mur, le directeur avait suivi la dispute sans intervenir. Il paraissait très embarrassé.

- C'est vrai, ce qu'elle dit ?

- J'ai effectivement pris cette décision.

- Mais tu ne m'en as pas parlé. J'aurais pu t'expliquer pourquoi ce n'est juste pas possible.

- Je venais justement pour te l'annoncer mais je vois que j'arrive un peu tard. Néanmoins je pense que c'est la bonne décision. Je souhaite suivre ce projet moi-même. Si tu veux, nous pouvons aller dans mon bureau pour que je t'explique les raisons de mon choix.

Tremblante de rage, Astrid le suivit. Camille se laissa tomber sur son siège, vidée de ses forces par cet affrontement. Rétrospectivement, elle était terrifiée mais aussi très fière. « Bravo poulette, tu l'as atomisée, la vieille psychopathe ! » la félicita sa petite voix. Rapidement, son équipe la rejoint. Tous parlaient en même temps et il était difficile de comprendre ce qu'ils disaient mais l'idée générale était qu'ils approuvaient sa réaction et étaient ravis de ne plus avoir à rendre de compte à leur ex-chef qu'ils détestaient unanimement. Pour peu ils chanteraient « Ding-Dong ! The witch is dead !», songea Camille. L'heure qui suivit fut principalement consacrée à se réjouir de ce changement et le travail avança peu. Cependant, l'excitation calmée, chacun finit par retourner à son poste et à ses tâches. En revanche, personne ne revit Astrid de la journée et les mauvaises langues prétendirent avec délectation qu'elle était rentrée chez elle pour digérer son humiliation.

Lorsque, sur le chemin du retour, Camille appela Vanessa, celle-ci la félicita chaudement mais la mit aussi en garde : Astrid ne se laisserait certainement pas faire et il fallait s'attendre à des mesures de rétorsion. Certes, comme dans le Magicien d'Oz, tout le monde s'était réjoui lorsque la méchante sorcière avait été vaincue mais il ne faudrait pas compter sur quiconque si elle se relevait de ses cendres et reprenait le combat. Malheureusement, elle avait raison et la seule approche possible était de se montrer irréprochable. « Évidemment, ajouta son amie en ricanant, tu pourrais aussi profiter du fait que le bel Edouard semble sensible à ton charme naturel et joindre l'utile à l'agréable ». Cette proposition déclencha une tempête de protestations de la part de Camille. Elle était une épouse fidèle ! De plus, elle n'aurait pour rien au monde voulu qu'on puisse dire qu'elle avait réussi par la séduction au lieu de la compétence. Elle se serait sentie humiliée de devoir quoi que ce soit à ses charmes et de toute façon, elle doutait que, vus ses dix kilos en trop, ce soit la manière la plus efficace d'obtenir des promotions. Vanessa le savait bien mais trouvait toujours très amusant de la titiller sur le sujet, d'autant plus qu'elle-même considérait que si un homme était assez bête ou corrompu

pour favoriser une femme parce qu'elle lui plaisait, c'était lui
qu'il fallait blâmer et non la femme qui n'avait fait qu'utiliser
ses atouts.

* * *

Chapitre 10

La Défense, jeudi 12 mai, 22h35

Camille regarda sa montre. Il était outrageusement tard. Travailler directement pour Edouard avait ses désavantages, notamment le fait que son agenda était tellement surchargé que le seul moyen de le voir était d'arriver à l'aurore (impensable pour elle qui ne se sentait pleinement réveillée qu'après son troisième café) ou de rester très tard. Elle comprenait mieux pourquoi elle recevait des mails d'Astrid à des heures incongrues. Ce qui ne signifiait pas, évidemment, qu'elle acceptait leur ton agressif et méprisant pour ceux qui osaient faire des horaires compatibles avec une vie de famille normale. Elle ferma son ordinateur portable sans l'éteindre et le rangea dans son tiroir. Elle y fourra aussi tous ses documents de travail, pêle-mêle, ainsi que son agrafeuse et ses ciseaux. Elle attrapa ensuite son sac et son manteau et se précipita vers la sortie. Il n'y avait plus personne à l'étage et les couloirs n'étaient plus éclairés que par une veilleuse. Sans être particulièrement impressionnable, cet éclairage verdâtre et ce silence à peine troublé par le bourdonnement de l'imprimante en veille la mettaient mal à l'aise.

Elle sursauta lorsqu'un téléphone se mit à sonner. Quelqu'un avait sans doute oublié son portable sur son bureau. Si elle le laissait là, il risquait de disparaitre d'ici le lendemain matin pour peu qu'une femme de ménage ne soit pas très honnête. Bien sûr, vue l'heure tardive, elle aurait pu ignorer la sonnerie et considérer que son collègue n'avait qu'à faire attention à ses affaires. Hélas, son éthique personnelle le lui interdisait. Elle fit donc taire sa petite voix intérieure qui la poussait à l'égoïsme et partit à la recherche de l'appareil. En se guidant au son, elle le trouva rapidement. C'était celui d'Astrid. « Laisse-le là. Ça lui fera les pieds, à cette vieille garce ! » Par curiosité, Camille regarda le nom qui s'affichait sur l'écran : Edouard Bureau. Bizarre, elle était bien certaine d'avoir vu Edouard partir vers vingt heures. Elle se retourna et scruta le couloir. À travers la paroi vitrée du bureau directorial, elle distingua une faible lueur. Intriguée, elle s'approcha, le téléphone à la main. Il avait cessé de sonner. La lumière dans le bureau s'éteignit mais personne ne sortit. Elle se demanda si elle n'aurait pas mieux fait d'appeler la Sécurité. D'un autre côté, si c'était Edouard qui était revenu chercher quelque chose, elle aurait l'air ridicule. Après l'épisode des toilettes, il valait mieux éviter d'aggraver la situation. Le plus simple était de jeter un coup d'œil discret par la vitre pour vérifier qui se trouvait là. Elle avança en silence. L'épaisse moquette grise étouffait le bruit de ses pas. Elle se faufila derrière le fauteuil de l'assistante. La paroi de verre était opaque sur sa partie la plus basse pour garantir la confidentialité des rendez-vous du directeur. Elle dut se hisser sur la pointe des pieds pour tenter d'apercevoir l'intérieur de la pièce mais même ainsi elle n'y voyait goutte. Quelqu'un avait fermé les stores des fenêtres et aucune lumière extérieure n'éclairait le bureau. Elle crut distinguer une forme sombre sur la table. Un frisson la parcouru. Pourvu qu'Edouard n'ait pas été victime d'un malaise ou, pire encore, de l'attaque d'une des folles qui défrayaient la chronique. Il fallait aller voir. Au moment où elle se retournait, elle sentit des mains griffues agripper son cou et une voix sifflante cracha : « **Petite salope, je vais t'exterminer !** » Camille aurait voulu hurler mais elle arrivait à peine à respirer. Elle attrapa les mains qui l'étranglaient et essaya en vain de les écarter. Elle avait beau tirer de toutes ses forces, l'étreinte se resserrait et elle étouffait de plus en plus. Elle commençait à avoir la tête qui tournait. Dans un réflexe très féminin, elle plongea son talon aiguille dans le pied de son attaquant. Celui-ci poussa un cri de douleur et lâcha prise, le temps de masser l'endroit douloureux. Camille en profita pour le repousser de toutes ses forces et se mettre à courir.

Hélas, si les talons hauts sont des armes redoutables, ils sont totalement inappropriés à la course. Après trois foulées, elle se tordit la cheville et dut s'arrêter le temps d'enlever ses escarpins. L'autre en profita pour la rattraper. Cette fois, à la lumière de la veilleuse de sécurité, elle distingua son assaillant. Il s'agissait d'une femme, blonde, grande et très maigre, presque squelettique. Son visage trop maquillé était creux comme celui de certains mannequins anorexiques et arborait une expression de haine pure. Ses mains terminées par de longs ongles rouges tenaient un coupe-papier. Camille recula de plusieurs pas. La furie la suivait, lentement, savourant par avance le moment où elle allait l'attraper et lui régler son compte. Ses doigts caressaient son arme. Elle souriait. Elle avait tout son temps, sa victime était prise au piège. On ne pouvait sortir de l'étage qu'avec un badge et Camille l'avait laissé tomber en essayant d'échapper à l'étranglement. Tôt ou tard, elle devrait s'avouer vaincue. Mais quelque chose en elle refusait de renoncer. Elle continua à reculer le long du mur, désespérément, sans trop savoir ce qu'elle espérait. Soudain, elle sentit sous ses doigts, une porte. Ça devait être le local de la photocopieuse. Sans trop réfléchir, elle entra et ferma la porte derrière elle. Cependant ce n'était qu'un répit très temporaire car il n'y avait pas de serrure et une seule issue. Elle était piégée. Elle s'arcbouta contre le montant. À l'extérieur, elle entendit la folle ricaner : « Tu es coincée, tu ne peux plus m'échapper, petite idiote ! » Camille n'y voyait rien mais savait par expérience qu'il y avait une armoire à droite de la porte. Tout en restant adossée au montant, elle tira sur le meuble de toutes ses forces. Heureusement, il n'était pas très lourd et elle n'eut pas trop de mal à le faire basculer devant l'entrée. D'un côté, il buttait contre la photocopieuse, de l'autre contre une deuxième armoire. Ça n'arrêterait pas sa poursuivante mais la retarderait un peu. La jeune femme en profita pour se cacher dans un coin, derrière une pile de cartons de feuilles A4 et sortir son portable. Par chance elle avait du réseau. Elle composa le 17 et attendit qu'on réponde. Elle était en pleine panique, des larmes coulaient sur son visage et ses mains tremblaient. La porte commença à bouger. Déplacer l'armoire en butée contre les autres meubles était difficile mais la femme semblait douée d'une force surhumaine et, centimètre après centimètre, elle y arrivait. Alors que Camille pensait sa dernière minute arrivée, une voix répondit au téléphone. Elle expliqua immédiatement qu'on essayait de la tuer, qu'il fallait venir la sauver, mais les mots ne venaient pas, elle s'embrouillait, la terreur la faisait balbutier. Elle réussit néanmoins à donner l'adresse où elle se trouvait ainsi que l'étage. Cependant, il était certain que si la police se déplaçait elle arriverait trop tard pour lui permettre d'échapper à la criminelle. Tout au plus, les policiers pourraient-ils l'emmener à l'hôpital si la folle ne l'avait pas achevée.

La furie blonde poussa un peu plus fort sur la porte mais celle-ci résista. Quelque chose la bloquait. Intriguée mais pas inquiète, elle passa la main par l'entrebâillement pour élucider ce mystère. La porte butait contre une armoire renversée. Au coin du meuble elle sentit l'angle d'une deuxième armoire. C'était donc ça, il suffisait de pousser un peu l'armoire renversée vers la droite et ensuite il serait facile d'ouvrir la porte. Elle se pencha un peu plus pour asseoir sa prise. Soudain, elle sentit qu'on l'agrippait par les épaules. Elle voulut se redresser pour se défendre mais son adversaire la tira violemment en avant. De surprise, elle lâcha son arme. Alors qu'elle croyait que la petite idiote de tout à l'heure était seule à l'étage, elle se trouvait maintenant face à une créature au moins aussi grande qu'elle mais beaucoup plus costaude. Le combat était loin d'être gagné d'avance. Un corps à corps s'engagea. Ceux qui pensent que les femmes sont des êtres doux et pacifiques n'ont sûrement jamais assisté à une bagarre comme celle-ci. Elles se rendaient coup pour coup, morsure pour morsure, griffure pour griffure, comme deux fauves luttant pour leur survie. Il ne pouvait y avoir qu'une seule gagnante, une seule survivante. Plusieurs fois la blonde squelettique pensa qu'elle allait l'emporter mais l'autre était d'une ténacité incroyable et à chaque fois elle réussit à rétablir la situation. Soudain, elle sentit sous son pied le coupe-papier qu'elle avait lâché. Triomphalement, elle le ramassa et, tentant d'atteindre le cœur, en porta un coup du bas vers le haut. Dans le noir, elle rata sa cible et l'autre femme lui attrapa le poignet, le tordant violemment. Il n'était pas question qu'elle lâche son arme ! Elle résista de toutes ses forces. De sa main libre, elle agrippa l'épaule de son adversaire, tentant de l'amener vers la lame. Ses longs ongles entraient dans sa chair. Elle sentit bientôt que l'autre faiblissait. Qui qu'elle fût, elle n'était pas de taille ! Encore un petit effort et elle réussirait à lui plonger le coupe papier dans le ventre ! Tout à coup, elle s'effondra. Son ennemie venait de lui assener un coup de pied fouetté au niveau du tibia et, emportée par son élan, elle était tombée en avant. La lame pénétra dans son abdomen sur plusieurs centimètres mais, bizarrement, elle sentit le sang sur sa main avant de sentir la douleur. L'autre combattante la frappait maintenant avec rage, visant son visage et son torse. Soudain, tout s'arrêta et elle s'aperçut qu'elle était seule. Son adversaire avait disparu comme par magie. Elle se releva et se traina vers la sortie. Elle entendait des sirènes de police. Tant pis pour la

petite créature pitoyable qui devait se cacher dans un coin.
Elle s'en occuperait une autre fois. Pour l'instant, il lui fallait
échapper aux policiers et se soigner.

*　*　*

Chapitre 11

Centre Hospitalier de Courbevoie, vendredi 13 mai, 7h

En se réveillant, Camille eut tout d'abord du mal à recoller les morceaux de ce qui lui était arrivé.

Elle était de toute évidence sur un lit d'hôpital et une infirmière insistait pour lui faire une prise de sang alors qu'elle aurait vraiment préféré continuer à dormir. Hélas, il y a une règle immuable dans tous hôpitaux de France qui veut qu'on vous tire du sommeil à une heure indécente alors que vous n'avez rien de particulier à faire de vos journées et qu'ensuite on attende une éternité avant de vous amener quelque chose à manger, en général un thé sans goût et deux biscottes qui vous laissent sur votre faim. L'infirmière était au demeurant sympathique et enjouée et, tout en vaquant à ses tâches, elle lui expliqua que la police l'avait trouvée dans le local de la photocopieuse, couverte de sang et inanimée. Cependant, elle n'avait aucune blessure grave, juste de nombreux bleus et griffures. Elle était bien entendu choquée et la psychologue de l'hôpital passerait la voir dans la matinée. Camille soupira, elle gardait un mauvais souvenir des rares fois où elle avait dû rencontrer un psychologue, en particulier celui de son école primaire qui s'inquiétait parce qu'elle était trop sage pour son âge... Enfin, celle-ci la ferait peut-être changer d'avis. Elle apprit aussi qu'il y avait une deuxième victime de la folle : Astrid n'avait pas eu autant de chance qu'elle. Elle avait été gravement blessée et était toujours en soins intensifs. Bien que n'ayant aucune sympathie pour son ex-chef, Camille ne souhaitait pas sa mort. Elle espérait sincèrement qu'elle se remettrait...*et choisirait de prendre de longs mois de convalescence loin du bureau,* lui chuchota sa petite voix.

Son travail accomplit, l'infirmière la laissa et passa à la chambre suivante. Elle l'entendit saluer son patient d'une voix chaleureuse malgré la charge de travail phénoménale qu'elle avait déjà probablement exécutée. Camille somnola une partie de la matinée. Mon dieu, que c'était bon de pouvoir ne rien faire et que personne ne le lui reproche, même pas elle-même. Elle ne se souvenait pas avoir vécu pareil moment depuis le temps où elle avait été alitée à la fin de sa grossesse, et encore, à l'époque, elle s'était sentie terriblement coupable de ne pas avoir pu participer aux travaux de décoration de la chambre de son futur bébé. Olivier avait dû faire tout le travail et ne s'était pas privé de lui faire remarquer que si elle ne s'était pas dépensée sans compter pour son travail au point de mettre en danger son enfant, elle aurait pu participer au lieu de le laisser tout assumer. Il se demandait d'ailleurs comment une femme aussi carriériste qu'elle allait réussir à trouver le temps de s'occuper d'un bébé. Elle avait donc passé les dernières semaines de sa grossesse à se culpabiliser par avance de ne pas être assez dévouée à sa fille. Aujourd'hui néanmoins, les choses étaient différentes. Elle était hospitalisée à la suite d'une attaque criminelle et, les visites étant interdites le matin, elle n'avait d'autre choix que de se reposer. Elle se dit que, lorsque son assaillante aurait été identifiée, il faudrait qu'elle la remercie pour ce présent inestimable.

Un coup frappé à la porte tira Camille de sa somnolence. Un homme d'une cinquantaine d'années entra. Avec ses cheveux coupés à la brosse et son blouson en cuir, il ne ressemblait pas vraiment à un psychologue hospitalier. Il se présenta comme le capitaine Garnier et lui dit qu'il voulait lui poser quelques questions. De toute évidence, l'interdiction des visites ne s'appliquait pas à lui. Il était accompagné d'une jeune femme asiatique menue qui avait plus l'air d'une étudiante que d'un officier de police, d'ailleurs il ne prit pas la peine de la présenter. Camille relata les événements de la nuit passée tels qu'elle s'en souvenait. Elle avait conscience qu'il y avait beaucoup de zones d'ombre et que sa description de la personne qui l'avait agressée ne semblait pas très crédible. Le capitaine la laissa parler, se contenta de grommeler par moments. Quand elle eut fini, il laissa planer le silence pendant un temps qui lui sembla interminable avant de commenter d'un ton goguenard :

- C'est très intéressant tout ça. Le problème c'est que les faits ne corroborent pas votre histoire, ma petite dame !

- Je sais que ça parait dur à croire mais... comment ça les faits ne corroborent pas mon histoire ?

- Eh bien déjà, aucune des caméras de sécurité ne montrent cette mystérieuse femme blonde.

- Est-ce qu'elle aurait pu entrer déguisée ? Les caméras surveillent la porte d'entrée et le palier seulement.

- Mouais, admettons. Ensuite, votre collègue dit avoir été agressée par une autre mystérieuse femme mais pas blonde celle-là, châtain et pas maigre mais plutôt pulpeuse. D'ailleurs, on ne la voit pas non plus sur les caméras.

- J'avoue que c'est bizarre.

- N'est-ce pas ? Alors soit vous vous fichez de moi toutes les deux, ce que je ne vous conseille pas, soit vous avez eu la berlue.

- Je vous assure.... D'ailleurs ce n'est pas le premier cas du genre, et à chaque fois la coupable est une grande femme très sexy mais une fois blonde, une fois brune, une fois même black.

- Je vois que vous êtes bien documentée. Vous n'êtes pas en train de me mener en bateau, j'espère !

- Mais non. C'est juste que j'ai effectué quelques recherches suite à l'agression de l'ex-mari d'une amie.

- Vous m'en direz tant.

- Vous ne me croyez pas ?

- Disons qu'il y a des points qui méritent d'être éclaircis. Madame Alexandre prétend avoir entendu des bruits de bagarre et être allée voir ce qui se passait. Elle serait alors tombée sur une folle furieuse qui l'aurait agressée. Jusque-là, c'est compatible avec votre histoire, ce qui l'est moins c'est sa description de la personne qui l'a attaquée. Se pourrait-il que dans l'obscurité l'une de vous l'ait mal vue ?

- Dans mon cas, c'est peu probable car l'agression s'est passée dans un couloir éclairé, par contre, la salle de la photocopieuse était dans le noir donc peut-être qu'Astrid a mal vu la personne qui l'a blessée et puis, elle-même étant tellement mince, il est possible que quelqu'un que je qualifierais de maigre lui ait semblé dodu.

- C'est possible. Il reste le sujet du sang de Madame Alexandre qui vous recouvrait alors qu'elle-même était couverte de votre sang.

- J'ignorais ce dernier point.

- Ça pourrait signifier deux choses : soit que vous vous êtes battues soit que l'une a tenté de porter secours à l'autre alors qu'elle était déjà blessée.

- Je n'ai aucun souvenir d'avoir porté secours à Astrid, je ne savais même pas qu'elle était là. Je sais aussi que je ne me suis pas battue avec elle, la personne avec qui je me suis battue était beaucoup plus grande qu'elle.

- Madame Alexandre, quant à elle, a un vague souvenir de vous avoir vue et de s'être occupée de vous. Ça explique sans doute que vous soyez couvertes du sang l'une de l'autre mais pas que les cameras n'aient pas filmé cette mystérieuse femme qui nous a agressées.

- Peut-être est-elle arrivée beaucoup plus tôt et s'est-elle cachée en attendant de passer à l'attaque ? Ou bien les vidéos ont été trafiquées, pour un informaticien un peu calé c'est très facile.

- C'est une possibilité, nous allons analyser toutes les vidéos de surveillance.

- Donc en conclusion, il n'y a rien contre moi ?

- Pour l'instant, non, mais nous allons continuer l'enquête. En attendant, vous restez à notre disposition. Je vais laisser un agent devant votre porte jusqu'à nouvel ordre.

Camille sentit une vague de panique monter en elle. Le cauchemar continuait : non seulement elle avait été agressée par une folle mais en plus elle risquait de finir en prison. Elle se voyait déjà enfermée dans une cellule pendant des années, pendant que son mari se consolait dans les bras d'une autre et que sa fille grandissait loin d'elle en l'oubliant. Elle sentit les larmes lui monter aux yeux sans qu'elle puisse les retenir. L'inspecteur haussa les épaules et sortit de la chambre en marmonnant quelque chose qu'elle ne comprit pas. La jeune femme asiatique qui l'accompagnait le suivit non sans avoir adressé un sourire embarrassé à Camille.

Restée seule, la blessée se laissa aller à l'auto-apitoiement, envisageant des scénarios tous plus déprimants les uns que les autres. Elle fut tirée de son marasme par des éclats de voix dans le couloir. Comme dans beaucoup d'hôpitaux, les murs étaient dépourvus d'isolation phonique et elle put suivre avec beaucoup d'intérêt la discussion animée entre l'agent qui montait la garde et Vanessa. Le pauvre homme tentait de lui interdire l'entrée à sa chambre et se faisait traiter de tous les noms d'oiseaux. Finalement, excédée, Vanessa décrocha son portable et appela un de ses nombreux amis, haut fonctionnaire au ministère de l'Intérieur. Un silence se fit pendant que l'agent écoutait ce que lui disait son interlocuteur. Trois minutes plus tard, la jeune femme ouvrit triomphalement la porte. Malgré son désespoir, Camille ne put s'empêcher de sourire. Vouloir arrêter son amie s'apparentait à vouloir arrêter un tsunami. Le pauvre agent allait s'en souvenir longtemps.

Vanessa entra dans la chambre. Elle posa d'un geste triomphant son sac à main sur une table et une pile de magazines féminins sur le lit.

- Quand je pense que cet abruti voulait m'empêcher de te rendre visite. On croit rêver ! on est en démocratie, oui ou non ? Mon copain du ministère de l'Intérieur l'a renvoyé dans son commissariat, il y sera plus utile qu'à te surveiller.

Elle s'interrompit net dans sa diatribe quand elle avisa la mine défaite de son amie.

- Qu'est-ce qui t'arrive ? C'est cet agent de mes fesses qui t'a torturée ?

- Non. C'est horrible. La police croit que c'est moi qui ai agressé Astrid !

- Quoi ? Ils sont cinglés !

- Les caméras à l'entrée de l'étage ne montrent personne correspondant aux femmes qui nous ont attaquées et j'étais couverte du sang d'Astrid.

- Bizarre, mais il doit y avoir une explication rationnelle.

- Selon la police elle est simple : c'est moi la coupable.

- Et qui t'a agressée, toi ?

- Je ne sais pas, Astrid ?

- Et Astrid, qu'est-ce qu'elle dit ?

- Elle décrit une grande femme aux cheveux châtains mais elle ne m'accuse pas.

- Donc tu ne corresponds pas à la description de l'agresseur mais il faut bien une coupable, du coup c'est sur toi que ça tombe ?

- Je sais, c'est fou ! Et en plus il y a d'autres cas partout. Ça ne peut pas être moi à chaque fois, tout de même !

Après le départ de Vanessa, Camille sombra dans un sommeil peuplé de rêves décousus. La psychopathe blonde la pourchassait dans les couloirs de Banana Software puis dans les rues de Paris armée d'un couteau de cuisine, elle se réfugiait, allez savoir pourquoi, dans un magasin de vêtements et lançait à sa poursuivante des petites culottes en dentelle. Sans transition, elle se retrouva au zoo de Vincennes dans l'enclos des singes en compagnie d'une vieille dame hurlant au secours. Elle essayait de la calmer quand un singe lui sauta dessus et commença à l'étrangler. Elle avait beau se débattre et agripper les mains de l'animal, elle étouffait de plus en plus. Soudain elle réalisa que les pattes poilues s'étaient transformées en mains humaines aux ongles rouge sang. Elle s'éveilla en panique. La blonde squelettique était là, devant elle et la sensation d'étranglement n'était pas un rêve ! Impossible de desserrer l'étreinte des serres manucurées ! Elle commençait à voir trouble. Dans un geste de désespoir, elle frappa de toutes ses forces son adversaire sur le côté de la tête. Celle-ci laissa échapper un gémissement de douleur. Encouragée, Camille remonta ses genoux vers son menton et lui décocha une ruade que n'aurait pas reniée la mule du pape[3]. La femme fut

---

[3] Si vous ne connaissez pas l'histoire de la mule du pape et de sa vengeance contre Tistet Védène, je vous recommande la lecture des Lettre de mon Moulin d'Alphonse Daudet.

propulsée vers la porte où elle s'écroula. Camille appuya frénétiquement sur le bouton de l'appel d'urgence. Par expérience, elle savait qu'il faudrait de longues minutes avant qu'une infirmière n'arrivât mais c'était son seul espoir. Elle se mit aussi à hurler de toutes ses forces pour attirer l'attention. La psychopathe ouvrit les yeux et la regarda avec haine. Flûte, les cris n'étaient pas une bonne idée... Elle avait réveillé la bête immonde. Celle-ci se releva avec peine et s'avança vers elle, les mains en avant comme des griffes, souriant d'un air dément. Camille sentit sa dernière heure approcher. Elle qui avait toujours détesté les films d'horreur allait mourir comme une blondasse de série B. Un filet de sueur lui coula dans le dos. Elle se mit à trembler. Cette folle allait la massacrer. Dans quelques minutes tout serait fini. L'image de sa fille en larmes passa devant ses yeux. Une vague de fureur l'envahit. Elle ne pouvait pas laisser Lilou devenir orpheline à cause d'une dingue. Elle attrapa la bouteille d'eau en verre sur la table de chevet et la brandit comme une massue. Une voix qu'elle reconnut comme la sienne se mit à hurler :

- Approche un peu, salope, et je t'explose la gueule !

La blonde squelettique hésita, il est toujours décontenançant de découvrir que la proie docile s'est muée en fauve prédateur. Elle fit encore un pas en avant et Camille se leva d'un bond en faisant des moulinets avec son arme improvisée.

- Cette fois, je vais te faire la peau ! Je ne te raterai pas !

L'inquiétude avait changé de côté. La folle recula vers la porte pour éviter les coups de bouteille. Des voix retentirent dans le couloir. Prise de panique, elle se précipita à l'extérieur, bousculant au passage les deux infirmières qui étaient venues voir ce qu'il se passait. Camille se laissa retomber sur son lit en sanglotant, vidée par son effort. Lorsqu'elle eut réussi à se calmer un peu et à raconter ce qu'il venait d'arriver, l'hôpital appela la police et l'agent reprit son poste devant sa porte, mais cette fois dans le but de la protéger. Une infirmière proposa à Camille un calmant mais elle refusa, inquiète à l'idée que la psychopathe revienne malgré l'agent en faction et qu'elle ne puisse pas se défendre.

Le capitaine Garnier revint quelques heures plus tard, l'air toujours aussi grognon et suivi par la même jeune femme que précédemment qu'il omit une fois de plus de présenter.

- Alors, on se croit maligne ? On fait appel à son piston pour faire enlever l'agent qui était à la porte et

ensuite, on manque de se faire trucider ! J'espère
que ça vous servira de leçon et aussi au petit con du
ministère qui pense connaître mon boulot mieux que
moi !

- Mais je n'y suis pour rien si une dingue cherche à me
  tuer ! Je ne la connais même pas !

- Vous en êtes bien certaine ? Parce qu'on dirait
  qu'elle vous en veut sacrément.

- Mais oui !

- Il semblerait qu'une fois encore elle s'en soit aussi
  prise à Madame Alexandre... et à personne d'autre. Il
  y a des centaines de patients dans cet hôpital et on
  s'en prend encore à vous seules. Vous ne trouvez pas
  ça bizarre, vous ?

- Si, sans doute, mais je ne sais pas pourquoi.

Garnier grommela et demanda à Camille de raconter par
le détail ce qui était arrivé.

- En gros, pas beaucoup d'informations utiles. Allez,
  Grain de Riz, tu relèves les empreintes et on va voir si
  on peut tirer quelque chose de Madame Alexandre.

Sa collègue s'exécuta sans rien dire. Elle semblait
complètement effacée.

En sortant, les deux policiers croisèrent Olivier et Lilou. La petite fille se précipita pour serrer sa mère dans ses bras.

- Mamouna, j'ai eu tellement peur ! Est-ce que tu vas bien ? Ils ne t'ont pas fait de mal ? C'était qui le monsieur avec l'air méchant qui sortait de ta chambre ?

Camille serra sa fille contre elle, respirant le parfum de ses longs cheveux. C'était son antidépresseur à elle. Certains buvaient pour chasser le stress, elle s'enivrait de l'odeur de Lilou. Olivier se pencha et l'embrassa sur le front.

- Moi aussi j'ai eu peur quand je t'ai vue inanimée cette nuit.
- Cette nuit ? tu étais là ?
- Oui. J'ai confié Lilou à la voisine et je suis venu dès que j'ai pu. Les infirmières ne t'ont rien dit ? Elles ne voulaient pas que je reste mais j'ai insisté lourdement et je ne t'ai quittée qu'au matin car il fallait que je passe au bureau. Nous avons un contrôle des ASSEDIC.
- Non, je ne savais pas. Je pensais que tu n'étais pas venu.

- Tu es folle ? Comment aurais-je pu faire ça ? J'ai cru mourir d'angoisse quand la police a appelé pour dire que tu étais à l'hôpital à la suite d'une agression.

- Maman, je t'ai fait un dessin et avec papa on est passé à la boulangerie te chercher ton gâteau préféré.

Tout en déballant le macaron au caramel au beurre salé, Camille sentit les larmes couler sur ses joues. Comment avait-elle pu douter de ses deux amours ? Quelle mère et épouse indigne était-elle ? Son mari se méprit sur les raisons de son chagrin.

- Tu as mal, ma puce ? On ne t'a pas bien soignée ?

- Non, non ça va. C'est l'émotion. J'ai tellement de chance de vous avoir, mes chéris !

- C'est nous qui avons de la chance, ma puce.

Olivier l'étreignit et Lilou se joignit à eux dans un tendre câlin à trois. Camille sentit un incroyable sentiment de bonheur l'envahir. La menace de la psychopathe semblait tellement loin en cet instant.

On frappa à la porte et une aide-soignante entra, interrompant ce moment de félicité. Elle apportait une énorme gerbe de fleurs multicolores qu'elle posa sur une table.

- Qui t'offre des fleurs ? Tu as un admirateur secret ? demanda Olivier d'un ton un peu pincé.

- Mais je n'en sais rien, regarde donc s'il y a une carte.

Il y avait bien une carte. « *Edouard Delvaux et l'équipe de Banana Software France vous souhaitent un prompt rétablissement.* » Rien de bien exceptionnel, même si le bouquet était magnifique. Camille ressentit une petite pointe de déception à l'idée que c'était sans doute l'assistante d'Edouard qui avait choisi le bouquet et pas le boss lui-même. D'un autre côté c'était sans doute préférable si elle voulait éviter une scène avec son mari... Olivier et Lilou restèrent environ une demi-heure durant laquelle il fut surtout question des activités de la petite fille. D'un accord tacite, les parents ne discutèrent pas l'attaque dont Camille avait été victime, de peur d'angoisser leur enfant.

Restée seule, la jeune femme passa en revue les derniers évènements, à la recherche d'un indice sur l'identité de la folle. Elle avait beau s'interroger, elle ne se connaissait pas d'ennemie, mise à part peut-être Astrid mais elle était certaine que ce n'était pas elle qui l'avait agressée. De plus, elle aussi avait été molestée par la criminelle. Elle finit par somnoler jusqu'à l'heure du diner. Celui-ci était tout aussi insipide que le déjeuner, le concept de plaisir gastronomique étant tout à fait inconnu dans les hôpitaux français. Pourtant, se dit-elle en avalant sa pitance, tous les médecins s'accordent sur le fait que le moral est un atout primordial pour vaincre la maladie. Il serait donc logique de tout faire pour que les patients aient goût à la vie. On pourrait imaginer des chambres confortables et bien décorées, de la nourriture savoureuse et joliment présentée, de la musique gaie dans les couloirs... Le rêve serait de réussir à se débarrasser de l'odeur si caractéristique, mélange de détergent et de patates, qui imprègne tous les hôpitaux.

Bien sûr, ayant passé une bonne partie de la journée à dormir, il lui fut impossible de trouver le sommeil après diner. Pour tromper l'ennui, elle regarda la télévision jusqu'à plus de deux heures du matin. Exaspérée par la stupidité abyssale des émissions de télé-réalité, elle finit par regarder une vieille adaptation de Docteur Jeckyll et M. Hyde avec Spencer Tracy et Ingrid Bergman. Elle aimait le charme du noir et blanc et l'atmosphère mystérieuse du Londres victorien. Les tenues des dames avaient une élégance depuis longtemps disparue. Les messieurs étaient bien élevés et ne juraient pas en présence d'une femme. Ce n'était cependant sans doute pas une bonne idée de regarder un film aussi inquiétant après ce qu'elle venait de subir. Sa nuit fut peuplée de cauchemars dans lesquels elle était poursuivie par un Hyde au féminin. Elle se réveilla de nombreuses fois, en nage et le cœur battant à tout rompre, persuadée que son ennemie était de retour et tentait d'achever sa macabre mission. Finalement, vers six heures du matin, réalisant qu'elle ne dormirait plus, elle ralluma la télévision et regarda les dessins animés sur Gully. Peu de risque d'être traumatisée par Maya l'Abeille.

La psychologue passa finalement dans la matinée suivante. C'était une femme d'une cinquantaine d'années, à la voix très douce et au regard un peu myope. Elle questionna longuement Camille sur ce qu'elle avait ressenti pendant et après l'agression, s'attardant sur la deuxième tentative de meurtre et les cauchemars de la nuit passée. Elle s'intéressa aussi aux relations de la jeune femme avec ses parents et en particulier sa mère. Le fait que celle-ci soit à la tête d'une florissante entreprise l'amena à s'interroger sur l'éducation qu'elle avait donnée à ses enfants. N'était-elle pas une mère castratrice dont l'image terrifiante ressortait dans les terreurs de sa fille ? Camille essaya plusieurs fois de faire valoir qu'elle avait réellement été attaquée et que n'importe qui à sa place serait angoissé. La psychologue était persuadée qu'elle avait mis à jour quelque chose d'essentiel et qu'il fallait approfondir le sujet. Elle quitta sa patiente en lui recommandant de voir un confrère au moins une dizaine de fois pour régler ce problème d'Œdipe contrarié par une mère toute puissante.

* * *

Chapitre 12

Vincennes, lundi 16 mai

Le weekend à l'hôpital avait semblé terriblement long à Camille malgré les visites de sa famille et de Vanessa. Il n'y avait pas eu d'autre attaque et elle avait pu se reposer mais elle était tout de même ravie que les médecins aient jugé lundi matin qu'elle pouvait rentrer chez elle. Elle retrouva sa maison avec bonheur. C'était un pavillon des années 50 qu'Olivier et elle avaient complètement modernisé. Ils avaient remplacé les fenêtres étroites par de grandes baies vitrées et fait tomber plusieurs cloisons pour disposer d'une grande pièce à vivre au rez-de-chaussée. Les murs étaient peints de couleurs gaies et un mélange de meubles Ikea et de meubles de familles donnaient au tout un petit côté bohème chic dont elle était assez satisfaite. Ici, Camille se sentait bien. C'était son chez elle, son cocon. Même le souvenir des agressions dont elle avait été victime semblait moins terrifiant. Elle passa les deux semaines de son arrêt maladie à tourner et retourner dans sa tête les détails de l'affaire. À la fin de la première semaine elle n'était pas plus avancée si ce n'est que d'autres cas s'étaient produits et que les médias commençaient à s'y intéresser véritablement. Libération s'interrogeait sur les liens potentiels avec des groupuscules d'extrême-droite, L'Obs y voyait le signe indéniable d'un malaise profond dans la société française, le Figaro s'insurgeait que l'on monte en épingle des faits divers pour éviter de parler du bilan désastreux du gouvernement et Challenges s'alarmait de l'impact économique de cette épidémie. Internet s'affolait et les théories complotistes allaient bon train. En résumé, on parlait beaucoup mais personne n'était réellement en mesure d'expliquer ce qu'il se passait. Un journaliste appela Camille pour essayer de lui soutirer des détails croustillants sur ses mésaventures mais elle ne put lui dire grand-chose. Elle eut quand même la surprise de voir son cas commenté dans une émission d'investigation sur une chaine du câble. Les enquêteurs se demandaient si Banana Software n'avait pas été prise pour cible à cause du projet sur lequel elle travaillait pour un grand groupe russe. Ils y voyaient la main de la CIA. Cependant cette hypothèse n'expliquait pas la multitude d'autres cas.

Au début, Camille savoura ces moments de repos forcé, ravie de pouvoir se consacrer à sa famille sans remords. Elle lut des histoires à sa fille, fit de la pâtisserie, de la peinture, des scoubidous. Elle se vernit les ongles, s'épila soigneusement, fit un gommage, prépara des bons petits plats, passa l'aspirateur. Au bout de trois jours, elle commença à s'ennuyer ferme et dut s'avouer que la vie de femme au foyer ne lui convenait pas franchement. Elle adorait son mari et sa fille mais ne pourrait jamais supporter que son horizon se limite à prendre soin d'eux. Elle avait besoin du stress d'avoir à livrer un projet à temps, de la pression pour réussir à faire mieux pour moins cher, de l'excitation lorsque le système était lancé pour la première fois, de la satisfaction de voir ses clients contents. C'était ainsi qu'elle se sentait bien, stressée mais passionnée par ce qu'elle faisait. Cependant, cette fois, elle appréhendait de retourner au bureau et de se retrouver sur les lieux de son agression. Elle faisait des cauchemars chaque nuit et avait un nœud à l'estomac quand elle repensait à cette soirée terrifiante. Olivier était adorable et la serrait dans ses bras en lui chuchotant des mots apaisants quand elle se réveillait en hurlant. Peut-être devrait-elle suivre le conseil de la psychologue de l'hôpital et consulter ? Elle n'en avait pas très envie et préférait attendre pour voir si les choses se calmaient naturellement. Elle appela donc Edouard pour obtenir la permission de travailler de la maison pendant une semaine supplémentaire.

* * *

Chapitre 13

La Défense, lundi 30 mai, 7h55

À la fin de la semaine, il fallut cependant retourner au bureau. Dès qu'elle sortit de chez elle, Camille sentit le stress l'assaillir, plantant ses griffes dans son ventre comme une bête féroce. Elle avala machinalement quelques granules de StressCalm et prit plusieurs profondes inspirations abdominales. La tension diminua mais ne disparut pas. Refusant de céder à la panique, elle se mit en chemin. Dans le RER, coincée au milieu d'une foule de banlieusards se rendant à leur travail, elle ne put s'empêcher de guetter le geste suspect, le regard agressif, l'arme dissimulée dans la veste. Elle savait que c'était irrationnel mais c'était plus fort qu'elle. Tout inconnu représentait maintenant un prédateur potentiel.

Lorsqu'elle arriva à la Défense, au pied de la Tour Alysée, l'angoisse devint tellement prégnante qu'elle faillit tourner les talons et rentrer chez elle. Elle resta là, plantée devant le bâtiment sans oser entrer pendant plusieurs minutes. Une voix joyeuse l'interpela.

- Camille, quelle joie de te revoir ! Nous avons eu
tellement peur pour toi.

Corinne paraissait réellement contente de la voir. Elle lui
posa la main sur l'épaule et l'entraina à l'intérieur tout en
babillant.

- Tu es revenue pour la livraison ? c'est très dévoué
  de ta part. Pour être honnête, on galère un peu et ton
  retour est le bienvenu.

Camille mit quelques secondes à répondre. L'idée d'aller
installer un système informatique en Russie ne l'enchantait
pas vraiment. En temps ordinaire, elle aurait été ravie d'aller
faire un tour à Moscou mais après ce qu'elle venait de vivre,
elle ressentait un douloureux pincement au creux du ventre
quand elle pensait à ce voyage. Même la perspective de
quelques jours dans un hôtel de luxe ne suffisait pas à la
motiver. Elle aspirait plus que tout à se pelotonner dans son
lit près de son mari, avec son chat sur les genoux et un bon
livre pas trop angoissant, un roman d'amour par exemple.
Corinne protesta immédiatement :

- Mais non, voyons, ça va te faire du bien, au contraire.
  Tu vas t'éloigner de ton agresseur. Tu seras dans un
  palace, ce sera vodka, caviar et jacuzzi, le rêve... Et

puis, il ne faudrait pas que la direction pense que tu es traumatisée, incapable de faire face, et te retire le projet. Ça ferait trop plaisir à Astrid.

- Je ne vois pas le rapport.
- Mais si, c'est évident. Si tu es terrorisée au point de ne pas aller faire l'installation à Moscou, ils vont penser que tu es trop fragile et te retireront la direction du projet sous le prétexte de te protéger.

Camille n'était pas convaincue mais il était vrai que cette livraison était l'occasion d'impressionner ses clients et de prouver qu'elle n'était pas une simple exécutante. Dès qu'elle fut installée à son bureau, elle demanda à l'assistante d'Edouard de prendre une option sur des billets d'avion et un hôtel pour les techniciens et elle. D'ici-là il lui faudrait perdre un peu de poids, trouver un tailleur un peu chic (le fameux power dressing cher à beaucoup de coachs) et passer chez le coiffeur pour redonner un peu d'allure à ses cheveux. Peut-être même changerait-elle de couleur. Elle avait lu dans ELLE que le blond californien revenait à la mode, elle n'était pas très certaine de la différence entre un blond californien et un blond doré ou un blond bébé mais le terme évoquait une surfeuse sexy sortant de l'océan, sa planche sous le bras, sous les regards admiratifs des mâles de la plage... tout à fait ce qu'il lui fallait pour se donner de la confiance en elle.

Elle n'eut cependant pas beaucoup de temps à consacrer à ses préparatifs esthétiques car la date de livraison du projet approchait dangereusement. Les clients devaient venir ce vendredi pour faire des tests utilisateurs sur le logiciel et si tout était satisfaisant elle se rendrait chez eux dès la semaine suivante pour installer la livraison. Elle n'avait plus droit à l'erreur. Elle passa donc les jours suivants à travailler d'arrache-pied pour s'assurer que tout irait bien. Ils avaient dû arbitrer certaines fonctionnalités pour pouvoir respecter le planning mais comme les clients étaient au courant et avaient l'assurance que tout serait dans la livraison suivante, ça devrait passer. Enfin, il valait mieux que ça passe si elle voulait s'assurer un avenir chez Banana Software...

* * *

Chapitre 14

La Défense, vendredi 3 juin, 8h45

Le jour-J, tout avait été vu et revu. La salle de réunion était impeccablement rangée, le café et les viennoiseries joliment présentées, la salle de test avait été reconfigurée et vérifiée plusieurs fois, tous les employés avaient reçu un message leur demandant de ne pas encombrer la bande passante... bref rien n'avait été laissé au hasard. Edouard accueillit les clients avec force poignées de main et sourires éclatants. Il fallait reconnaitre qu'il possédait un charisme certain qui touchait aussi bien les hommes que les femmes. Il était difficile de dire si c'était dû à son physique de star hollywoodienne, à sa voix grave et bien posée, à son costume parfaitement coupé ou tout simplement à son assurance inébranlable. S'il avait fallu choisir une illustration pour l'expression « leader charismatique », Edouard Delvaux aurait eu toutes ses chances.

Après que tout le monde fut assis et que son assistante eut servi le café, il entama sa présentation. Bien qu'ayant préparé elle-même les slides, Camille dut se contenter de faire défiler les pages pendant que son patron expliquait toutes les fonctionnalités géniales qu'il y avait dans SON logiciel. Il fallait avouer qu'il connaissait le sujet sur le bout des doigts et était capable de répondre à la plupart des questions sans aucune hésitation.

- Évidemment, tu lui as fait la démo plusieurs fois et tu lui as préparé une liste des questions les plus fréquentes avec leurs réponses ! il faudrait qu'il soit idiot pour ne pas y arriver !

À la fin de la présentation, les clients ne manquèrent pas de le féliciter sur la qualité du travail de ses équipes et la manière dont elles avaient rattrapé miraculeusement le retard accumulé en début de projet. Edouard eut un petit rire satisfait :

- Je vais vous avouer mon secret. Quand j'ai vu que l'équipe prenait du retard, j'ai complètement changé l'approche. Au lieu d'une méthode séquentielle, nous avons adopté un fonctionnement Agile qui nous a permis plus de réactivité et un réel gain de temps. Bien sûr l'équipe était un peu réticente au début, mais chez Banana Software l'adaptabilité est dans notre ADN, n'est-ce pas Camille ?

- Euh, oui, bien sûr, Edouard.

- C'est un de nos projets majeurs cette année et il était impensable pour moi de ne pas m'y impliquer personnellement, même si bien sûr il y a quelques années que je n'ai pas écrit de code moi-même. Enfin c'est comme la bicyclette, ça ne s'oublie pas !

- Je n'y crois pas, non seulement il s'attribue ton idée sur le fonctionnement du projet, mais il prétend presque qu'il a écrit le code du logiciel lui-même ! Quel culot !

- Maintenant, si vous voulez bien, je vous laisse entre les mains charmantes et compétentes de Camille pour que vous puissiez tester vous-même notre produit.

Bouillonnante de rage contenue, Camille guida ses clients vers la salle de test. Pas un mot de reconnaissance sur le travail qu'elle avait réalisé pour sauver ce projet, il y avait de quoi être dégoûtée. Malgré sa mauvaise humeur, elle se força à sourire et à s'adresser aimablement à ses interlocuteurs. Après tout, ils n'étaient pas responsables du comportement de son chef et il n'était de toute façon pas dans son intérêt de compromettre l'acceptation du projet. Après les avoir installés devant les ordinateurs et leur avoir fourni les codes d'accès, elle s'assit dans un coin de la salle et se mit à son travail. En l'espace de quelques heures, elle avait déjà cent deux nouveaux messages, la plupart sans intérêt. Elle n'avait jamais compris pourquoi tant de personnes se croient obligées de répondre à tous les destinataires, juste pour dire qu'elles ne sont pas concernées par le message initial. La palme revenait haut-la-main à celui qui avait envoyé un mail rageur à toute la société pour leur dire : « Arrêter de copié tout le monde sur vos mail sans intérêt ! ». Non seulement, il ne voyait apparemment pas l'absurdité de son mail mais en plus il n'avait visiblement pas encore déniché la fonction « correcteur orthographique » dans sa messagerie... Avec un soupir excédé, elle appuya sur Effacer. Au même moment, un client s'adressa à elle :

-   Il n'y a plus rien qui marche.
-   Comment ? Mais ce n'est pas possible, j'ai juste effacé un message !
-   Je vous parle de votre logiciel, il ne marche plus. Tout est planté !

En soupirant, Camille se leva et prit la place du client. Les utilisateurs font parfois des choses vraiment stupides, elle en avait vu un prendre le lecteur de DVD pour un porte-tasse ou un autre qui se plaignait que l'ordinateur ne marchait plus alors que c'était seulement l'écran qui n'était pas branché... Elle cliqua un peu partout et dut cependant se rendre à l'évidence, plus rien ne marchait, ni sur le poste de l'homme qui s'était plaint ni sur les autres. Elle sentit la panique monter comme une nausée irrésistible. Si les clients repartaient insatisfaits, il était certain que Edouard se souviendrait soudainement de son rôle dans le projet et qu'elle porterait la responsabilité de l'échec. Un filet de sueur coula dans son dos. Elle s'imaginait déjà licenciée pour son incompétence. Le client insista :

- Bon, alors, il marche votre truc ? Votre patron est très fort pour baratiner mais en réalité il n'y a rien qui fonctionne, comme d'habitude !

- Je vous assure, Monsieur, que tout fonctionnait parfaitement quand j'ai fait les dernières vérifications ce matin. Je vais aller dans la salle des serveurs. Puis-je vous proposer un café en attendant ?

Elle appela l'assistante pour une distribution générale de café et fonça sans attendre vers la salle des serveurs, bousculant au passage quelques collègues qui admiraient le nouvel ordinateur quantique reçu par l'équipe Recherche et Innovation. Elle s'installa devant l'écran de contrôle et commença à pianoter. Rien ne se passa. Le serveur était comme mort. Impossible de le redémarrer. Camille prit plusieurs grandes respirations par le nez en soufflant longtemps par la bouche pour essayer de retrouver son calme. Comment était-il possible qu'un serveur récent cesse soudainement de fonctionner ? Que pouvait-il lui être arrivé depuis ce matin ? Prise d'une inspiration soudaine, elle suivit le câble d'alimentation jusqu'à la baie électrique. Un hurlement de colère lui échappa :

- Quel est l'abruti qui a débranché **MON** serveur en pleine séance de test avec les clients ? Je vais l'atomiser, lui couper les couilles, les lui faire bouffer avec du piment rouge !

Cependant, la recherche du coupable pouvait attendre, l'urgence était de relancer le système pour que les clients puissent recommencer leurs tests et n'aillent pas se plaindre à Edouard que le logiciel était défectueux. Elle rebrancha son serveur et redémarra l'application. Elle finissait de vérifier que tout était maintenant opérationnel quand Jess (Jean-Stéphane, en fait, mais Jess faisait plus geek) entra dans la salle en grommelant :

- Qui a débranché mon D-Wave ? Ça va pas ? C'est fragile ce truc-là !

- C'est moi. Désolée (tu ne devais pas l'atomiser ?). Tu avais débranché mon serveur de test pour brancher ta machine.

- Quoi ? Mais on s'en fout de ton serveur de test ! tu ne te rends pas compte, un D-Wave à quinze millions de dollars ça ne se traite pas comme ça. Les femmes, ça ne comprend décidément rien à la technique !

- D'abord, je suis ingénieur, comme toi, donc merci bien, mais je comprends la technique. Ensuite si tu veux continuer à te payer des joujoux à quinze briques, tu as intérêt à ne pas planter mes tests clients ! Ce sont quand même eux qui te font vivre !

- Ah, quand même ! Maintenant atomise le et coupe lui les couilles, qu'on s'amuse un peu !

- Et oh, calme-toi, pas besoin de devenir hystérique ! T'as tes règles ou quoi ? Je vais utiliser une autre prise. Faut pas te fâcher comme ça ! Quel caractère, celle-là !

- Tu feras bien, et si ton joujou vaut si cher, tu devrais penser à sécuriser un peu tout ça. C'est du travail d'amateur !

Camille scotcha sur la baie d'alimentation un post-it sur lequel était écrit : « QUICONQUE DEBRANCHERA CETTE MACHINE SERA ECARTELE ET EVISCERE » et retourna dans la salle de test.

À sa grande surprise, pas de cris ni d'énervement, les clients discutaient du dernier match de foot avec Edouard comme si rien ne s'était passé. Celui-ci la salua avec un grand sourire :

- Alors Camille, tout va bien ?
- Oui, oui, ce n'était qu'un petit problème d'alimentation électrique. Nous pouvons reprendre les tests.
- Eh bien, je vous laisse donc. A tout à l'heure, pour le déjeuner, Messieurs. Mon assistante nous a réservé une table au Chat qui Fume, un restaurant qui possède un jeune chef absolument incroyable !
- Tu remarqueras que tu n'es pas conviée...
- Ça me laissera le temps de régler les problèmes en cours.
- On va dire ça, oui.... Tu es désespérante !

Le soir, lorsque les clients furent partis, Edouard convoqua toute l'équipe en salle Bahamas.

- Bravo, tout le monde ! IGG a signé la recette sans aucune réserve. Merci à tous pour ce super boulot et en particulier à l'équipe de test qui a identifié les problèmes et à l'équipe de développement qui les a corrigés assez rapidement pour que nous puissions livrer aujourd'hui. Je propose que nous nous applaudissions tous car nous le méritons ! Encore bravo !

Lorsque les applaudissements se furent tus, il ajouta :

- Et maintenant je vous propose de descendre tous au Bar à Vin pour arroser ça aux frais de Banana Software. À tout de suite !

Tout le monde rangea ses affaires et se précipita gaiement vers la sortie. Camille, assez déconfite, jugea que, puisque visiblement ses efforts à elle n'avaient pas été décisifs pour le succès du projet, elle pourrait tout aussi bien rentrer chez elle et profiter de la soirée en famille pour une fois. Elle répondit à quelques messages et vérifia sur le site de la RATP l'horaire du prochain train pour Vincennes. Pour une fois, il n'y avait pas de retard annoncé. Elle serait peut-être chez elle avant dix-neuf heures. Lorsqu'elle fut convaincue que ses collègues étaient tous partis pour le pot de célébration, elle se faufila vers l'ascenseur. Celui-ci arriva assez rapidement et les portes s'ouvrirent avec un « CLING ! » retentissant. Edouard en sortit :

- Je suis parti tellement rapidement dans mon enthousiasme à célébrer ce beau succès que j'ai oublié mon téléphone sur mon bureau. Ne m'attends pas, on se retrouve au bar.

- En fait, je vais devoir rentrer chez moi, on m'attend.

- Quel dommage ! tu ne peux pas appeler ton mari pour lui dire que tu auras du retard ? C'est important que tu sois présente.

- Vraiment ? je n'en ai pas eu l'impression tout à l'heure.

- Qu'est-ce que tu veux dire ?

- Eh bien, il y a eu des remerciements pour tout le monde... sauf moi, comme si je n'étais pour rien dans la réussite du projet.

- C'est donc pour ça que tu te sauves comme une voleuse ? Mais pour moi c'était une telle évidence qu'en tant que chef de projet ton rôle avait été fondamental que je n'ai pas pensé à le dire.

- C'est vrai ?

- Bien entendu. Et puis, en tant que senior manager tu n'as surement pas besoin qu'on te dise constamment que ce que tu fais est bien, tout de même ? Regarde, moi, personne ne me dit que j'ai fait du bon travail, ça ne m'empêche pas de me donner à fond. Je sais que c'est pour Banana Software que je le fais, pas pour qu'on me tape dans le dos en me disant que je suis un bon employé.

- Oui mais toi, tu es le boss.

- Et toi, tu es quoi ? Tu fais partie de mon équipe rapprochée. Ça en dit long sur ma confiance en tes capacités et d'ailleurs ma confiance en toi tout court. Tu sais bien que je te confierais mon portefeuille sans une hésitation.

- Merci.

- Je t'en prie, c'est normal après tant d'années de collaboration. Alors, tu viens au Bar à Vin ?

- OK. J'appelle la maison et j'arrive.

- Super, à tout de suite !

Olivier fut un peu difficile à convaincre. Après une semaine à ne croiser sa femme que quelques heures au milieu de la nuit, il avait espéré une soirée tranquille, en famille, d'autant plus qu'elle partait superviser l'installation du logiciel chez les clients la semaine suivante. Camille dut dégainer l'argument suprême de l'obligation pour les cadres dirigeants d'être présents à ce type de sauterie.

- Mais tu n'es pas cadre dirigeant.

- Enfin, c'est tout comme.

- Pas sur ta fiche de paie.

- Pas encore. Si je veux qu'on me considère comme un cadre dirigeant, il faut que je me comporte comme un cadre dirigeant. Je ne peux pas dire que je veux ce genre de rôle et ne pas être présente quand on célèbre les succès de la boite. Je dois montrer mon engagement.

- Évidemment, tiens ! Amuse-toi bien...

- Ce n'est pas pour mon plaisir que j'y vais, tu le sais très bien.

- Puisque tu le dis. On te revoit quand ?

- Je rentrerai tôt.

- Espérons. A ce soir, alors.

- Oui, bisous.

La soirée se termina fort tard. Vers onze heures, tout le monde s'était mis à danser entre les tables et Edouard tomba même la chemise sous les encouragements alcoolisés de ses troupes. Il engagea Camille dans un rock déchainé. Il dansait comme un dieu, enfin un dieu qui aurait bu quelques verres de trop et renoncé à toute retenue. *Plutôt un démon, je dirais, mais un démon très sexy...* Il était facile d'oublier ses inhibitions en compagnie d'un tel homme. Le chignon de Camille n'était plus qu'un lointain souvenir. Elle envoya ses escarpins valser sous une table. Ça faisait longtemps qu'elle ne s'était pas sentie aussi vivante. Elle se laissa même entrainer dans quelques passes de rock acrobatique qu'elle n'avait pas exécutées depuis l'université. American spin, enroulé, tire-bouchon...   Le résultat n'eut rien de très artistique mais lui valut les acclamations des spectateurs. Encouragée par ce succès, elle tenta plus difficile : un cavalier. On prend appui sur les épaules du partenaire, et hop ! On saute les jambes écartées autour de sa taille. Et un, et... CRAC ! la jupe de tailleur fendue n'est clairement pas la tenue idéale pour danser le rock acrobatique. À sa grande horreur, Camille sentit le tissu se déchirer jusqu'au milieu de ses fesses. Edouard, qui ne s'était rendu compte de rien, continua à la faire tourbillonner follement jusqu'à la fin de la chanson. Quand la musique s'arrêta enfin, il passa un bras autour de sa taille, la ploya en arrière avec emphase et la redressa en lui embrassant la main.

- Merci, belle dame, pour cette danse enivrante.
- Tout le plaisir était pour moi, mais je vais devoir rentrer.

Prise de panique à l'idée que ses collègues remarquent l'état de sa jupe, Camille s'échappa des bras de son partenaire interloqué, attrapa sa veste, qui heureusement était longue, et l'enfila malgré la chaleur. Il valait mieux mourir de chaud que de honte. Il restait maintenant à retrouver ses chaussures. Elle en aperçut une près d'un mur et l'autre, sous une table occupée par une dizaine de collègues éméchés. Elle enfila rapidement la première mais impossible d'atteindre la seconde sans attirer leur attention. Que faire ? Si elle leur demandait sa chaussure, elle était certaine de ne pas l'obtenir sans avoir effectué une série de gages tous plus idiots les uns que les autres. Le plus simple était encore de s'asseoir avec le groupe comme si de rien n'était et d'essayer de rattraper son bien avec son pied.

- Bonsoir, vous me faites une petite place ?
- Pourquoi ? le chef t'a écrasé les pieds ?
- Ah, ah, ah… (Mon dieu, ils sont encore plus bêtes quand ils ont bu !)

Camille s'assit au bout de la rangée. Pas question de se faufiler au milieu de la banquette au risque que quelqu'un remarque l'état de sa jupe ! Le problème était que là où elle était placée, il allait être difficile d'attraper sa chaussure. Selon ce qu'elle avait pu observer, sa cible était à environ un mètre cinquante, au milieu de la table et vers la droite. Elle se tortilla pour tenter de se rapprocher. Un peu gêné, son voisin se décala vers la droite. Il devait imaginer qu'elle essayait de se coller contre lui. Avec un peu de chance, il était assez alcoolisé pour ne plus s'en souvenir demain, sinon ce serait un embarras de plus à gérer. Maintenant il s'agissait d'étendre suffisamment la jambe pour attraper le soulier fugueur sans paraitre faire des avances à ses collègues. Centimètre par centimètre, elle glissa son pied dans la direction estimée. Elle avait l'impression de jouer à un de ces jeux de kermesse où il faut atteindre une cible les yeux bandés en évitant les obstacles. Un peu plus à droite, un peu plus vers le milieu, encore à droite.... La jambe de Camille était maintenant complètement tendue mais elle n'atteignait toujours pas son but. Au jugé, il lui manquait une trentaine de centimètres. Elle s'assit sur le bord de la banquette autant qu'elle put. La table lui rentrait dans l'estomac. C'était horriblement frustrant de ne toujours pas réussir à attraper cette fichue chaussure. Sa jambe était trop courte de quelques centimètres. Edouard s'était assis en face d'elle et la regardait se contorsionner avec amusement. Il devait la prendre pour une folle ou la croire ivre-morte. Pourquoi fallait-il donc qu'à chaque fois qu'elle se rendait ridicule, il soit témoin de son humiliation ? Toute honte bue, elle se glissa un peu sous le plateau. Sa jupe remonta un peu plus sur ses cuisses. Rien à faire. Elle ne trouvait pas la chaussure. Peut-être avait-elle mal estimé la distance ou la direction. Elle tata le terrain de la pointe du pied droit. Rien, rien, rien ! Elle allait renoncer et demander si quelqu'un l'avait trouvée quand elle sentit la banquette se dérober sous ses fesses et se retrouva assise par terre. Au passage, elle se cogna douloureusement le front sur le bord de la table. Ses collègues éclatèrent de rire. Elle ajoutait maintenant la mortification à la souffrance physique. Quelle soirée horrible ! Finalement il y avait sans doute une justice immanente qui la punissait de son mensonge à son mari... elle sentit une main se glisser sous son aisselle et la tirer vers le haut.

-   Tu vas bien ? Tu as une bosse sur le front. Je vais demander de la glace à la serveuse.

Edouard était maintenant toute sollicitude. Elle s'appuya contre son épaule avec un gémissement légèrement exagéré. Il l'aida à s'asseoir et lui agita la main devant les yeux :

-   Combien de doigts vois-tu ?
-   Deux.
-   Bon, tu n'as pas de commotion, c'est déjà ça.
-   Ça ira, mais je vais avoir une sérieuse migraine.

- Je me sens horriblement coupable, dit-il en sortant de sa poche un escarpin. C'était tellement rigolo de te voir faire des efforts désespérés pour la trouver... Je ne me doutais pas que tu te blesserais !
- Quoi ? c'était toi qui l'avais ? tu m'as laissée me couvrir de ridicule et au final me défoncer le crâne parce que c'était RIGOLO ? Mais il est con ce mec ! Sexy aussi... mais très con quand même !
- Je suis vraiment désolé. Tu veux que je te raccompagne chez toi pour me faire pardonner ?

Il avait vraiment l'air contrit. C'était presque tentant d'abuser de la situation. Si elle avait été célibataire ou moins pétrie de principes (« moins bête, tu veux dire », ricana sa petite voix intérieure), elle en aurait peut-être profité, juste un peu... Au lieu de ça, elle s'entendit répondre :

- Non. Au vu de ce que nous avons tous bu, je vais plutôt prendre un taxi.
- Tu passeras le coût en note de frais. C'est le moins que je puisse faire.
- Tu peux y compter.

Et elle sortit le plus dignement possible du restaurant. Dehors, il pleuvait. Des trombes d'eau se déversaient sur

Paris. Inutile d'espérer héler un taxi, à cette heure et par ce temps, ils étaient tous occupés. Uber annonçait une heure d'attente. Déconfite, Camille hésita un instant à rentrer dans le restaurant et à finalement accepter l'offre de Edouard. Un restant de fierté et surtout la peur de monter en voiture avec quelqu'un qui avait bu largement plus que la loi et le bon sens ne l'autorisaient, l'empêchèrent de céder à la facilité. En soupirant, elle entreprit de marcher jusqu'à la bouche de métro la plus proche. Ses escarpins furent bientôt trempés ainsi que sa jupe. L'eau lui dégoulinait dans le cou. Elle était glacée et, en frissonnant, elle se maudit d'avoir accepté l'invitation à cette soirée improvisée plutôt que de rentrer tranquillement chez elle profiter de sa famille. Dire qu'elle aurait pu être au chaud dans les bras de son mari, au lieu de piétiner dans les flaques d'eau sale en regardant derrière elle toutes les trente secondes pour s'assurer que personne ne la suivait ! Elle pressa le pas. Elle sentait l'angoisse lui serrer le ventre. Un fond d'éducation chrétienne lui chuchota qu'elle expiait son mensonge téléphonique mais sa petite voix intérieure l'envoya paitre sans ménagement. Enfin, elle arriva à la station de métro.

Il faisait chaud à l'intérieur même si l'odeur laissait à désirer. Elle s'essuya le visage, maculant le kleenex de maquillage. Sur le quai, il y avait du monde malgré l'heure tardive. Le souvenir d'un fait divers où une malheureuse avait été poussée sur les voies par un fou lui remonta en mémoire. Elle recula nerveusement de la bordure du quai et observa le plus discrètement possible les autres voyageurs mais aucun ne ressemblait à la grande blonde squelettique qui l'avait attaquée. Après quelques minutes d'attente, une rame approcha. Avec un soupir de soulagement, elle se laissa tomber sur la banquette sans prêter attention aux regards désapprobateurs que lui lança un petit couple bien sous tous rapports. Dans une demi-heure elle serait chez elle, en sécurité près d'Olivier, et ça suffisait à son bonheur.

* * *

Chapitre 15

Aéroport Roissy-Charles de Gaulle, Lundi 6 juin, 5h45.

Camille détestait ces départs à l'aube. Elle ne dormait jamais la nuit précédente. La crainte de ne pas réussir à se réveiller lorsque son alarme sonnerait à quatre heures du matin l'empêchait de fermer l'œil. C'est donc le teint brouillé et le regard cerné qu'elle arriva à l'aéroport. Sous l'éclairage blafard du hall, même une épaisse couche de fond de teint et un rouge à lèvres vif ne suffisaient pas à lui donner bonne mine. Edouard, quant à lui, était à son habitude, fringant et souriant dans son costume impeccable. Elle se demanda si cet homme était humain. C'était peut-être un robot piloté par une intelligence artificielle. Les chercheurs de Banana Software avaient peut-être réussi cet exploit et depuis la société était dirigée par une machine. Elle laissa son imagination explorer quelques instants cette idée avant d'être ramenée sur terre par une hôtesse qui voulait contrôler son billet et son passeport pour la laisser accéder à la zone d'enregistrement.

Il y avait comme d'habitude la queue aux comptoirs. Une foule d'hommes d'affaires en costume et de femmes en tailleur chic se pressait pour prendre le premier vol, celui qui permettait d'optimiser le temps de réunion de la journée et peut-être de rentrer chez soi le soir même en économisant à l'entreprise une nuit d'hôtel. Pour sa part, Camille serait bien partie la veille au soir plutôt que de se lever à l'aube, « et profiter d'une nuit de plus, tranquille dans un hôtel de luxe sans devoir préparer le dîner ou crier pour que Lilou se couche » murmura une petite voix qu'elle connaissait bien... Hélas il est très difficile d'avouer à ses collègues qu'on n'est pas du matin. Il existe un préjugé tenace qui estime que les vrais leaders sont matinaux, au travail dès l'aurore, à l'heure où les gens normaux sont encore au lit ou tout du moins en train de vaquer à leurs tâches domestiques. Seuls les artistes sont autorisés à se proclamer oiseaux de nuit, pour le commun des mortels, peu importe que vous travailliez jusqu'à tard le soir, si vous n'êtes pas au bureau tôt le matin, l'étiquette « fainéant, démotivé voire touriste » vous est attachée sans délai. En conséquence de quoi, malgré sa haine des réveils aux aurores, Camille se retrouvait à faire la queue à six heures du matin au comptoir Air France tout en essayant de tenir une conversation cohérente avec ses collègues. La plupart de ces messieurs n'avaient qu'un bagage cabine mais elle ne comprenait pas comment on pouvait partir pour quatre jours sans emmener une valise d'au moins quinze kilos. Portaient-ils le même costume pendant tout ce temps ? N'emmenaient-ils qu'une paire de chaussures ?

Peut-être même qu'ils ne changeaient pas de sous-vêtements ni de chemise. Pour sa part il lui fallait au moins deux vestes et deux jupes, plus une tenue décontractée, un pyjama confortable, deux paires d'escarpins et une paire de chaussures plates, des collants pour chaque jour plus quelques paires de rechange, un jeu de sous-vêtements par journée, des kleenex, des protections périodiques, une trousse à maquillage, des produits de toilette, tous les médicaments nécessaires en cas d'urgence (paracétamol, anti-diarrhéique, anti-vomissement, médicament contre le rhume, vitamine C, complément alimentaire anti-stress, pansements pour les ampoules et bien entendu, une provision d'Amazonia). Ajoutez aussi quelques livres et une photo d'Olivier et Lilou, bref, aucune chance de se contenter d'un bagage cabine.

Après l'enregistrement, il fallut refaire la queue aux contrôles de sécurité. Des employés de l'aéroport tentaient de minimiser le temps d'attente en orientant les passagers vers les différentes files. Rompus à cet exercice, les hommes d'affaires remplissaient les paniers des tapis roulants avec efficacité. Ils enlevaient leurs chaussures et leur manteau bien avant que leur tour n'arrive et sortaient leur ordinateur de son sac sans qu'on le leur demande. Ils ne risquaient pas de se faire surprendre avec des ciseaux à ongles ou un produit douche excédant la capacité permise ! Camille s'était souvent demandé si quiconque avait déjà essayé de détourner un avion armé de gel douche et d'une trousse à manucure. Elle imaginait bien la femme qui défrayait la chronique par ses agressions farceuses tenter l'expérience. Ce serait tout à fait son style. Pour sa part elle avait bien pris soin de ne rien mettre d'illicite dans son bagage à main mais le sort était contre elle et lorsqu'elle passa sous le portail de détection, une lumière rouge s'alluma et un bip retentit. Aussitôt, une policière se précipita avec un détecteur de métaux et le lui passa sur tout le corps. Comme il sonnait au niveau de sa poitrine, elle entreprit de la palper pour vérifier si elle ne cachait pas une arme dans son 95C. C'était fort gênant mais finalement moins que lorsqu'elle s'écria d'une voix forte : « ça doit être l'attache de votre soutien-gorge ou bien ses décorations qui déclenchent l'alarme, ça arrive souvent ! »

- Eh bien Camille, tu portes un soutif en acier ? demanda, goguenard, un des techniciens.
- Mais non, ça doit être ses implants mammaires qui font sonner l'alarme, répondit un autre.
- Ou bien son piercing au téton, renchérit le premier.
- Arrêtez un peu, vous voyez bien qu'elle devient toute rouge, interrompit Edouard en lui passant un

bras autour des épaules ce qui, finalement, ne mit pas Camille plus à l'aise.

Sitôt sortie de la zone de contrôle, elle se précipita vers le Duty Free en marmonnant qu'elle retrouverait ses collègues à l'embarquement. Elle n'avait rien de particulier à acheter mais en cet instant n'importe quel prétexte était bon pour couper court à cette conversation embarrassante. Elle se balada dans les rayons d'alcools et de parfums et finit par acquérir une bouteille de Cognac pour son client et un flacon de son parfum préféré. Il n'était pas forcément moins cher que chez Séphora mais elle avait vraiment besoin de s'offrir un cadeau pour effacer l'humiliation qu'elle venait de subir. « Tu ne devrais pas te sentir humiliée mais folle de rage ! À ta place j'aurais pris un flacon du parfum féminin le plus vulgaire et entêtant que j'aurais trouvé et j'en aurais aspergé ces machos de pacotille. Franchement on aurait bien rigolé de les voir passer pour des folles furieuses auprès de cet autre macho qu'est ton client ! » Elle fut à deux doigts de suivre les conseils de sa méchante petite voix mais pour quelqu'un qui voulait devenir cadre dirigeant ça aurait fait mauvais effet, et puis elle se sentait un peu coupable de cette idée tout de même assez homophobe... Elle se contenta donc de ses emplettes initiales et rejoignit ses collègues en salle d'embarquement.

Après un vol sans surprise pendant lequel Camille avait pu récupérer une partie du sommeil dont elle avait été privée, l'avion atterrit à Moscou-Chérémétiévo. Heureusement pour l'équipe de Banana Software, l'assistante leur avait réservé un taxi par Internet, ce qui leur permit de ne pas faire la queue avec tous les imprévoyants. Une heure plus tard ils étaient à Moskva-City, le quartier des affaires. IGG avait ses bureaux dans un des nombreux gratte-ciels qui avaient poussé comme des champignons depuis la fin des années 2000. Après l'habituel café de bienvenue et une brève discussion sur le déroulement de la mission, l'équipe se mit au travail sous la houlette de Camille pendant que leur patron entrait en réunion avec Andreï Petrov, le directeur informatique d'IGG.

Le petit groupe d'informaticiens travailla d'arrache-pied pendant trois jours et une partie des nuits. Il y eut bien sûr quelques mauvaises surprises comme dans toutes les mises en production d'un système informatique mais finalement, quand Camille rentra à l'hôtel le dernier soir, elle était fatiguée mais satisfaite du résultat. Petrov avait promis d'appeler Edouard pour lui communiquer ses compliments sur l'efficacité et le professionnalisme de son équipe. Dans le taxi, elle ne put s'empêcher de sourire : c'était excellent pour son avancement. Si après ça, elle n'obtenait pas le poste d'Astrid, c'était à n'y rien comprendre. À l'hôtel, elle commanda un plateau en room-service, prit une douche, avala ses compléments alimentaires et se coucha. La journée avait été longue et épuisante. Quelques minutes plus tard, elle dormait.

Au bar de l'hôtel, Edouard savourait un whisky. Pour lui aussi, le séjour avait été satisfaisant. Petrov était content de la livraison, il allait débloquer le paiement, ce qui signifiait que lui-même aurait dépassé ses objectifs trimestriels et toucherait une prime rondelette le mois prochain. Ce serait l'occasion de changer de voiture, il avait vu une Aston Martin qui lui plaisait bien chez le concessionnaire des Champs-Élysées. Par ailleurs, il avait vu quelques personnes influentes et plusieurs clients potentiels et obtenu un rendez-vous pour étudier un projet pilote avec l'un d'entre eux. L'avenir s'annonçait souriant. Son regard fut attiré par une très belle femme qui venait d'entrer dans le bar. Elle était grande, mince mais pourvue de formes voluptueuses. Elle était hyper féminine dans une robe très moulante et très courte. Ses cheveux châtain clair tombaient en boucles souples sur ses épaules. Son regard bleu azur fit le tour de la pièce lentement et lorsqu'il rencontra celui de Edouard un sourire apparut sur sa bouche sensuelle. Elle se dirigea vers lui d'un pas nonchalant. L'homme d'affaires sentit une raideur s'installer dans son entre-jambe. Cette femme était un morceau de roi. Elle s'installa à côté de lui et lui tendit une main parfaitement manucurée : « Kamila. Vous m'offrez un verre ? » Elle avait une voix un peu voilée, avec une pointe d'accent russe. Conquis, il obtempéra. Quelques minutes plus tard, il lui racontait ses succès de la journée en exagérant un peu son rôle dans la réalisation du projet.

- Mais, c'est incroyable, vous faites tout dans cette société ! Vos collaborateurs ne sont donc pas capables de se débrouiller seuls ?
- Ils sont bons mais que voulez-vous, sans un vrai leader, rien n'avance vraiment. La chef de projet, par exemple, elle est adorable et compétente mais comment dire... elle manque totalement de charisme. Sans moi, on n'aurait jamais livré ce projet dans les temps. Être un chef, ça n'est pas à la portée de tout le monde.
- Vous êtes impressionnant !

Kamila posa sa main sur l'avant-bras de Edouard. Elle avait vraiment une bouche à croquer et des yeux qui poussaient au crime. Il avala sa salive. Il lui fallait cette fille. Il la voulait et quelque chose lui disait que c'était réciproque.

-   Je vous offre un dernier verre dans un endroit plus privé ?

Elle répondit par un sourire puis, son regard plongé dans celui de Edouard, elle se rapprocha lentement de lui et effleura sa bouche de ses lèvres sensuelles. L'homme d'affaires passa un bras autour de sa taille fine et l'entraîna vers l'ascenseur. Dès que l'appareil eut démarré, Kamila appuya sur le bouton d'arrêt d'urgence :

-   J'ai toujours eu ce fantasme d'un bel homme qui me faisait l'amour dans un ascenseur entre deux étages, roucoula-t-elle

Edouard ne se fit pas prier. Il la colla contre le mur et l'embrassa, d'abord doucement, lentement, savourant chaque seconde, puis de plus en plus passionnément. Il explora de sa bouche son cou, descendant vers sa poitrine. Sa peau était douce et sentait la vanille. Une de ses mains remonta le long de la cuisse fuselée de la jeune femme, jusqu'à sa petite culotte en dentelle. Ondulant des hanches, elle la fit glisser jusqu'à ses chevilles. Edouard ramassa le bout de tissu et le porta à ses narines. Il adorait son odeur intime, à la fois douce et animale. D'un geste rapide, il dégrafa son pantalon et pénétra en elle avec délices. Elle était chaude et trempée et il dut faire un effort pour se contrôler.

- Ici le service de sécurité. Que se passe-t-il ? Ne vous
   inquiétez pas nous allons dépanner l'ascenseur dans
   les plus brefs délais, annonça en russe puis en anglais
   une voix grave.

Les deux amants sursautèrent au son de l'annonce qui
sortait de l'interphone.

- N'arrête pas, on s'en fiche. Continue, c'est trop bon,
   gémit Kamila.

Mais cette interruption fit perdre tous ses moyens à son
partenaire. Pendant quelques dizaines de secondes il tenta de
se remotiver en imaginant tout ce qu'il pourrait faire à la
belle dès qu'ils seraient dans sa chambre mais rien à faire. Le
stress de voir débarquer l'équipe de dépannage le paralysait.
Avec un soupir de frustration, il s'écarta.

- Je ne comprends pas, ça ne m'arrive jamais. Cet
   abruti m'a complètement déconcentré. Allons dans
   ma chambre, nous y serons plus confortables.

Sans répondre, Kamila, tira sur le bas de sa robe et, se
regardant dans le miroir de l'ascenseur, essuya le rouge à
lèvres qui avait bavé sur son menton. Elle remit une mèche
en place et appuya sur le bouton de re-démarrage puis sur

celui de l'étage suivant. Lorsque l'appareil s'arrêta, elle sortit et lança :

- Trop tard, je n'ai plus envie. Je vais me coucher. Spokoynoy nochi[4].

Et elle disparut dans le couloir faiblement éclairé. Edouard était mortifié. Il tenait toujours à la main la culotte de dentelle. D'un geste rageur, il la mit dans sa poche et remonta à sa chambre. Il ne restait plus qu'à espérer qu'il ne la croiserait pas au check out le lendemain matin.

Le jeudi après-midi, à l'aéroport, toute l'équipe était de très bonne humeur. Non seulement l'installation s'était passée sans anicroche mais la première journée d'utilisation n'avait révélé aucun souci. On pouvait dire que malgré le changement de stratégie au milieu du projet et les attaques dont avaient été victimes Astrid et Camille, le succès avait été au rendez-vous.

Comme à l'aller, les contrôles de sécurité étaient drastiques. Il fallait enlever chaussures, manteaux, vestes,

---

[4] Bonne nuit

bonnets, écharpes, s'assurer que les bagages cabines ne contenaient ni bouteilles de capacité supérieure à cent millilitres, ni objets tranchants. Rompue aux voyages aériens, Camille avait pris soin de porter une tenue facile à enlever et à remettre. Elle avait aussi fait attention au contenu de son sac à main et de sa sacoche de travail. Pourtant, lorsque le bagage passa sous le détecteur à rayons X, une expression soucieuse apparut sur le visage de l'employé de la sécurité. Il appela un de ses collègues et commença à discuter en russe en lui indiquant un objet ressemblant vaguement à une arme sur l'écran. Dans un français impeccable, il indiqua à la jeune femme que son sac devait être fouillé. Une employée de la sécurité ouvrit la valisette et commença ses recherches. Elle sortit l'ordinateur et l'alluma pour vérifier qu'il ne s'agissait pas d'une bombe. Elle enleva soigneusement les cahiers, crayons, chargeurs. Elle examina même la plaquette de Doliprane et les serviettes hygiéniques sans rien trouver. Arrivant à la conclusion qu'il s'agissait sans doute d'une illusion d'optique due à deux chargeurs stockés perpendiculairement, elle fit signe à Camille que tout était bon. Exaspérée, celle-ci commença à refaire son sac. Elle avait presque fini lorsqu'elle avisa une petite culotte en dentelle sur le tapis roulant à côté de son sac. Aucun doute possible, c'était un sous-vêtement qui lui appartenait. Elle se souvenait l'avoir porté la veille pour se donner du courage lors de la dernière journée d'installation. Comment avait-il pu se retrouver dans son sac de travail au lieu de sa valise en soute ? Mystère. Rouge de confusion elle regarda autour d'elle. Évidemment, dans ce genre de situation, il y a TOUJOURS des témoins, à croire qu'un démon farceur s'amuse à vous rendre le plus ridicule possible. En l'occurrence, Edouard avait déclenché l'alarme du portillon de contrôle et avait dû vider ses poches et subir une fouille rapide. Il reprenait sa veste, posée à côté de la valise de Camille, et bien sûr, il ne pouvait pas ne pas avoir aperçu la petite culotte infamante. Pour couronner le tout, le reste de l'équipe, ayant passé les contrôles, s'approchait. Camille commença à paniquer à l'idée des commentaires graveleux qui allaient jaillir. Elle n'avait pas fini d'entendre parler de l'incident de la culotte en dentelle sur le tapis roulant de l'aéroport ! « Bon, d'un autre côté, il vaut mieux que ce soit une culotte La Perla brodée qu'une gaine de grand-mère, tu passeras pour une coquine plutôt qu'une mémère, c'est plus flatteur » lui chuchota sa petite voix. Cela dit, pas sûr que ça soit meilleur pour sa carrière future. Effondrée, elle allait tendre la main vers l'objet du délit quand Edouard la devança. La figure en flammes, Camille le dévisagea avec inquiétude. Allait-il faire un commentaire moqueur ? Mais il se contenta de glisser le bout de dentelles dans sa poche avant de lui adresser un clin d'œil complice. Bien entendu, si les autres employés de Banana Software avaient remarqué quelque chose, ils se gardèrent bien de faire une remarque à leur patron. Au grand soulagement de Camille, tout le monde prit le chemin de la salle d'embarquement et il ne fut pas un instant question de ce qu'il venait de se passer. Edouard avait vraiment été un gentleman et elle lui en était très reconnaissante. C'était un homme qui avait vraiment de la classe ! En revanche, même en cherchant bien, elle ne voyait pas comment récupérer sa culotte auprès de son patron...

* * *

Chapitre 16

Un restaurant à la Défense, Vendredi 10 juin, midi

Le restaurant était bondé, comme tous les midis, mais Vanessa réussit à convaincre un serveur de leur trouver une table sympa en terrasse. L'été pointait le bout de son nez et la température était déjà élevée pour un début juin. C'était l'époque où les petites robes sortaient des placards et où on commençait à se préoccuper de paraitre mince et bronzée sur la plage. Camille commanda donc une salade César et un sorbet, le tout arrosé d'eau minérale plate (les bulles, ça fait gonfler) et de deux gélules d'Amazonia. En attendant la nourriture, elle entreprit de raconter à son amie son voyage à Moscou. Pour tout autre personne, elle se serait contentée de présenter le succès de la mission et ses espoirs de promotion mais ce n'était pas ce qui intéressait vraiment son amie. Elle s'étendit donc longuement sur les blagues humiliantes de ses collègues masculins lors du départ de Roissy et sur la manière dont Edouard lui avait évité une nouvelle humiliation au retour.

- Tu es certaine qu'il s'agissait de ta culotte ?

- Évidemment. J'ai vérifié dans ma valise en arrivant chez moi et je ne l'ai pas trouvée. De toute façon, un

"

shorty en georgette de soie verte brodée de chez La Perla, ce n'est pas un modèle très courant.

- De la soie ? Madame ne se refuse rien !

- Hein ? tu peux parler ! La reine du shopping ! Les placards sont pleins de vêtements de luxe.

- En fait, pas tant que ça.

- Tu plaisantes ? À chaque fois que je te vois tu me parles de tes derniers achats.

- Je sais, mais c'est un investissement.

- Pardon ? Tu ne vas pas me dire que tu te cherches un second mari alors que tu n'es pas encore divorcée ?

- Non, pas question. Je viens de retrouver ma liberté et crois-moi, j'y tiens. Pas question de me retrouver piégée avec un abruti qui se croit autorisé à me dicter ma conduite. J'ai déjà donné. Je suis comme le corbeau de la fable, on ne m'y reprendra plus !

- Je me disais, aussi. Après Philippe et ses partouzes, ça me paraissait très bizarre que tu replonges toute de suite. Alors, quel est ton secret ?

- Tu vas te moquer de moi.

- Ça m'étonnerait. Je suis quelqu'un de très ouvert d'esprit.

- Je sais. C'est plutôt que je crains un peu que ça te paraisse futile. Voilà, j'essaie de lancer mon business. Je veux devenir une influenceuse et faire du conseil en relooking. Je travaille encore à la Banque Versaillaise d'Investissement mais je m'ennuie à mourir et j'espère bien pouvoir profiter du plan de départ dû à la fusion avec Wilson Brothers pour partir avec de quoi monter ma boite de conseil en image et relooking. Pour l'instant, je me photographie avec mes nouvelles tenues et je poste sur Instagram. Je commence à avoir pas mal de followers donc les marques acceptent de me prêter des vêtements et sinon je revends mes achats.

- Pourquoi me moquerais-je de toi ? Je suis bluffée ! Jamais je ne serais capable de faire ça. Quitter ma boite et renoncer à un emploi salarié ? je suis bien trop froussarde pour ça !

- Tu sais, je vais peut-être me planter lamentablement.

- Ça m'étonnerait : regarde-toi ! tu es belle, élégante, tu as de l'assurance. N'importe quelle femme voudrait te ressembler. Les clientes vont se battre pour bénéficier de ton relooking.

- Tu sais ce qui me fait peur ? Je n'y connais rien en management, je ne sais pas gérer un business, je suis incapable de développer mon site Web.

- Tu parles, tout ça, ça s'apprend alors que la classe et l'élégance, c'est un don.

- Tu es gentille mais je n'ai pas ton intelligence et je suis plutôt fâchée avec les chiffres et la technique donc ça m'inquiète vraiment.

- Écoute, je t'aiderai. Je ne vais bien sûr pas quitter Banana Software à la veille d'avoir une promotion mais je prendrai sur mon temps libre pour te développer ton site et travailler sur ton business case avec toi.

- Ton temps libre ? C'est une blague ? Tu bosses comme une damnée et quand tu ne travailles pas, tu t'occupes de ta famille.

- Je vais me débrouiller. Tout ira bien. Je sais que tu vas réussir.

- OK, je ne peux pas te payer mais si tu veux je te ferai bénéficier de mes services gratuitement.

- Bonne idée, si je suis promue, il va falloir que j'adapte mes tenues à mon nouveau rôle.

- En fait, c'est plutôt l'inverse : il faut t'habiller comme
si tu avais déjà le job pour qu'on te considère comme
légitime dans ce rôle.

Après avoir quitté son amie, Camille retourna à son
bureau, pleine d'enthousiasme. Il était difficile de savoir si
c'était dû aux perspectives de promotion, au déjeuner en
terrasse ou aux projets de son amie mais elle était de très
bonne humeur. En fredonnant un air à la mode, elle
s'installa devant son ordinateur et ouvrit sa boite mail. En
l'espace d'une heure d'absence, elle avait déjà cinquante
messages en attente. Le premier qu'elle lut était de Edouard.
Il félicitait toute l'équipe pour le succès du projet IGG et
annonçait une soirée au musée des Arts Forains pour
célébrer ça. Camille ne put s'empêcher de tiquer en
découvrant qu'il n'y avait pas de mention particulière pour
elle alors qu'elle avait sauvé le projet et qu'elle n'avait même
pas été associée à l'organisation de la soirée. Ce n'était certes
pas une catastrophe mais elle se sentait négligée, privée de
reconnaissance. Pour couronner le tout, elle avait aussi reçu
un mail de Mathieu Perec, le chef-comptable qui contestait
sa note de frais. Il lui rappelait d'un ton sec que l'usage du
minibar n'était pas remboursé. En soupirant, elle décrocha
son téléphone. Le comptable répondit aussitôt. Il avait une
voix nasillarde et haut perchée, particulièrement exaspérante

mais Camille prit son ton le plus aimable pour lui expliquer qu'en rentrant au milieu de la nuit après avoir travaillé d'arrache-pied, elle n'avait pas pu manger au restaurant de l'hôtel qui était fermé et avait dû se nourrir de barres chocolatées et de cacahouètes trouvées dans le minibar. Il ne la laissa même pas terminer et rétorqua doctement qu'il y avait des règles chez Banana Software et qu'il était hors de question que les cadres s'en affranchissent. C'était une question d'éthique. Camille manqua s'étouffer de rage en s'entendant accuser de manquer de probité. Malgré les tentatives d'explication de la jeune femme, Perec coupa court et raccrocha. Furieuse, elle reposa violemment le combiné et lança son stylo par terre en poussant un cri de frustration. Il n'y avait rien à tirer de cet abruti prétentieux. Pour se calmer et éviter de hurler sur le premier malchanceux qui croiserait sa route, elle se leva, respira profondément, et alla se servir un café.

À la cafétéria, Camille retrouva un groupe de collègues qui se détendaient après le stress des derniers mois. Son énervement manifeste ne passa pas inaperçu. La voix tremblante d'indignation, elle raconta sa mésaventure. À sa grande surprise, elle n'était pas la seule à avoir été victime de la rigidité du comptable en chef. Tout le monde semblait avoir une anecdote à partager. Un technicien raconta comment il avait été forcé de prendre un vol avec trois escales pour aller installer un logiciel à Singapour car le vol direct était cinquante euros plus cher. Un autre avait dû attendre trois mois le remboursement de l'achat d'une pièce à plusieurs centaines d'euros commandée en urgence mais sans passer par la procédure officielle des Achats ce qui aurait causé un retard intolérable pour le client. Une commerciale avait vu refusé le remboursement d'une note de pressing à la suite d'une tache sur la robe dont elle avait besoin pour un dîner professionnel lors d'un voyage d'affaires. Elle avait eu beau expliquer qu'elle n'avait pas d'autre robe chic dans sa valise et en avait absolument besoin pour assister au diner final du salon VidéoCom, Perec avait objecté qu'il n'était pas autorisé de passer en note de frais les dépenses de pressing pour un déplacement de moins de dix jours. Chacun y alla de son histoire infamante et Camille se sentit moins seule dans son malheur. Le plus rageant néanmoins fut lorsque le commercial en charge des Emirats Arabes Unis raconta qu'il avait reçu un gros client avec Edouard Delvaux et qu'ils l'avaient emmené diner au Champagne dans un cabaret avant de finir dans une boite de nuit chic sur les Champs-Elysées, le tout en note de frais ! Il y avait décidément deux poids et deux mesures. Mathieu Perec était de l'avis général un individu puant, intraitable avec les faibles et servile avec les puissants. Se sentant portée par l'indignation générale, Camille proposa d'en toucher un mot à Edouard lors de leur prochain point car il n'était pas admissible que les employés qui se démenaient pour le bénéfice de l'entreprise soient pénalisés par un comptable borné. Quand elle rejoignit son bureau, elle était toute ragaillardie à l'idée de rabattre le caquet de Perec. « Il va regretter de s'en être pris à moi, ce cloporte ! Je vais lui exploser sa petite gueule de cadre arriviste ! » Pour une fois, elle était bien d'accord avec sa petite voix intérieure.

Hélas, tout ne se passa pas comme elle l'espérait. Quand elle entra dans son bureau, Edouard était occupé au téléphone avec un client et elle dut attendre plusieurs minutes qu'il raccroche. Lorsqu'il fut enfin disponible, elle entreprit de lui expliquer le problème du traitement des notes de frais. Indignée, elle décrivit comment des employés qui travaillaient d'arrache-pied pour Banana Software étaient accusés d'être malhonnêtes par un comptable tatillon. La voix vibrante de colère elle raconta qu'elle s'était vu refuser un remboursement pour un peu de nourriture prise dans le mini-bar. Edouard la coupa sèchement :

-   On n'est pas à l'école primaire ! si tu veux progresser dans la société il faut que tu apprennes à gérer ce genre de situation sans venir faire une crise d'hystérie dans mon bureau.

- Mais Edouard, je ne suis pas la seule à avoir ce genre de problèmes avec Perec, la plupart des opérationnels ont la même expérience, pas seulement ceux de mon service.

- Mathieu est un excellent financier et sans lui cette société perdrait de l'argent.

- À cause de lui, la société risque de perdre de bons éléments. C'est plus grave que le coût d'une barre Mars ou d'un vol direct !

- Es-tu en train de dire que je ne fais pas mon job correctement ?

- Non, bien sûr, mais tu es la seule personne qui peut le recadrer et lui faire prendre en compte les réalités du terrain.

- Ça suffit, ton attitude est inacceptable. Tu te laisses déborder par tes émotions. Retourne à ton bureau et calme-toi !

Tremblante de rage, Camille se leva et sortit du bureau. Il lui fallut faire appel à toute sa maîtrise de soi pour ne pas claquer la porte. Elle se sentait humiliée. Elle avait été traitée comme une gamine colérique. « Tu parles, si tu avais été un mec, il ne t'aurait jamais traitée d'hystérique ! » Comment était-ce possible que Edouard ne voit pas que Mathieu Perec était un incompétent imbu de son petit pouvoir ? « *Il n'a pas envie de le voir. Perec lui fait de la lèche et il ne va pas prendre le risque de fâcher son chef comptable pour tes beaux yeux.* » La jeune femme avait beau respirer à fond comme elle avait appris dans ses séances de relaxation, son niveau de fureur ne décroissait pas. Elle alla à la fontaine à eau et but deux grands verres d'eau fraîche en regardant la superbe vue sur la Défense qui s'offrait à elle. Tout autour, des tours en verre se détachaient sur le ciel printanier. Leurs baies vitrées réfléchissaient les nuages et donnaient l'impression de flotter dans l'azur. Au loin, on apercevait la Tour Eiffel et l'Arc de Triomphe. Tout, ici, était fait pour célébrer le succès, l'ambition et l'innovation. Pourtant si on regardait vers le bas, on voyait une foule de petites fourmis qui se rendaient vers la gare de RER, leur travail de la journée effectué. Camille ne put s'empêcher de penser que c'était une bonne allégorie de ce qu'elle venait de vivre : elle se croyait prête à toucher les nuages mais Edouard lui avait fait rapidement comprendre qu'elle n'était qu'une fourmi parmi d'autres et même pas la plus importante. Plongée dans ses ruminations, elle n'entendit pas son patron arriver et sursauta lorsqu'il lui adressa la parole :

- Ça va mieux ? Tu veux une barre de chocolat ?

- Pardon ?

- Le chocolat c'est bon pour le stress. Tu en veux une barre ?

- Non merci, je ne voudrais pas que Banana Software me demande de la payer.

- Comme tu voudras. Je vois que tu es toujours fâchée. Je laisse la barre sur la table si tu changes d'avis.

Médusée, Camille le regarda s'éloigner vers son bureau. Comment le directeur d'une société qui se targuait de son environnement inclusif et accueillant la diversité pouvait-il se montrer aussi condescendant et ne même pas s'en rendre compte ? C'était surréaliste. Pensait-il vraiment qu'on répondait au mécontentement d'une employée en lui offrant une sucrerie comme si elle avait été une enfant qui faisait un caprice ? Et pourquoi pas un verre de Coca pour calmer le client insatisfait ? Ou bien un bonbon pour le délégué syndical ? Quelque chose lui disait que jamais Edouard n'aurait imaginé calmer le courroux d'un homme avec une confiserie... Trop écœurée pour continuer à travailler, elle décida que pour une fois elle rentrerait chez elle tôt et profiterait de sa famille. Ce n'était pas vraiment comme si elle était considérée comme un élément clé de Banana Software... Il était temps qu'elle cesse de sacrifier sa vie personnelle pour impressionner un patron qui la considérait comme une nunuche dépassée par ses émotions. En passant devant le bureau de Edouard, elle regarda ostensiblement devant elle mais ne put s'empêcher d'entendre la voix nasillarde de Mathieu Perec qui s'en échappait.

* * *

Chapitre 17

Au début, Camille respecta sa décision de ne plus sacrifier sa vie de famille pour le bénéfice de son employeur. Tous les soirs, à dix-huit heures, elle éteignait son ordinateur et rentrait chez elle. À chaque fois, elle avait l'impression de faire l'école buissonnière. Elle n'avait pas l'habitude de partir alors que les bureaux n'étaient pas encore vides et plusieurs fois, il lui sembla que ses collègues la regardaient avec surprise, voire avec reproche. Cependant, le souvenir cuisant de la manière dont Edouard l'avait remise à sa place l'empêcha de céder à sa mauvaise conscience. Pour la première fois depuis bien longtemps, elle aurait pu, si elle avait voulu, trouver des magasins ouverts en sortant du travail. Bien entendu, faire du shopping ne lui était pas venu à l'idée. Dans son système de valeurs, quitter le travail plus tôt ne pouvait être justifié que par le temps passé à s'occuper de sa famille. Profiter de l'aubaine pour faire les magasins (en dehors des courses alimentaires, bien sûr) lui aurait semblé répréhensible. On ne revient pas si facilement sur des années passées à être un bon petit soldat. Néanmoins, elle se satisfaisait de l'idée qu'en partant du travail en même temps que la multitude des employés de bureau, elle transgressait un tabou qu'elle avait respecté jusqu'alors. Elle se sentait victorieuse.

Une dizaine de jours passèrent sans que Banana Software semble souffrir des horaires allégés que faisait sa cheffe de projet. Cependant, le mercredi matin, alors que Camille arrivait tranquillement vers neuf heures trente, elle fut accueillie par Corinne qui lui annonça que Edouard voulait la voir de toute urgence dans son bureau. Elle sentit sa gorge se serrer et un filet de sueur lui couler le long de la colonne vertébrale à l'idée que son patron avait remarqué ses horaires allégés et voulait lui donner un avertissement. Aussitôt sa vieille copine, la culpabilité, revint à la charge, lui rappelant qu'un cadre devait se montrer exemplaire. Quel exemple donnait-elle aux membres de son équipe en partant à dix-huit heures alors que certains d'entre eux travaillaient encore ? « *Un excellent exemple : tu leur montres qu'on peut être un manager efficace sans sacrifier sa vie personnelle* » tenta sa petite voix. Elle fut promptement réduite au silence par l'ouragan de pensées négatives qui déferlait dans l'esprit de Camille. Persuadée que le pire l'attendait, elle frappa doucement à la porte du bureau de Edouard. Il ne répondit pas. Elle prit une grande inspiration et frappa un peu plus fort. Cette fois, son patron l'invita à entrer. À sa grande surprise, il ne paraissait pas mécontent. Il arborait même un sourire chaleureux.

- Bonjour Camille. Comment vas-tu ? Tu as récupéré ton énergie après cette fin de projet épuisante ?

Sidérée par tant d'amabilité, Camille balbutia une réponse.

- C'est parfait. Tu as fait du très bon boulot sur ce projet, vraiment excellent. Je sais que ça a été compliqué vus les événements qui se sont produits et l'absence d'Astrid mais tu t'en es sortie comme une cheffe. Bravo.
- Merci.
- C'est la raison pour laquelle j'ai décidé de te confier un nouveau rôle, exigeant, mais je suis certain que tu seras à la hauteur.

Edouard fit une pause pour ménager son effet.

- Il va te proposer le poste d'Astrid ! Le poste est pour toi ! Tu l'as ébloui avec ta gestion du projet russe ! Tu es trop forte ! Claironna sa petite voix intérieure. Un sourire se dessina sur la bouche de Camille. D'une voix qu'elle espérait détachée, elle répondit :

- Je ferai de mon mieux pour me montrer digne de ta confiance. De quoi s'agit-il ?

Son manager la regarda dans les yeux pendant quelques secondes avant de dire :

- Je sais que je ne serai pas déçu. Je n'ai aucun doute à ce sujet.
- Merci.
- Bien entendu à ce stade c'est encore confidentiel.
- Tu peux compter sur ma discrétion.
- Il s'agit d'un projet crucial pour Banana Software.
- Un projet ? Mais de quoi parle-t-il ? Il ne va pas te refiler un projet foireux de plus, quand même ?
- Un de nos clients au Brésil est en discussion pour racheter un concurrent. Le deal n'est pas signé donc tu comprends pourquoi c'est hautement confidentiel.
- Euh, oui.
- Une partie du projet de rachat va consister à migrer les données de la société rachetée dans le système de notre client et c'est là que tu interviens. Pour finaliser le deal, il faut chiffrer le coût de cette migration. J'ai besoin de quelqu'un de confiance pour le faire car il ne faut absolument pas que ça s'ébruite. Ça risquerait de faire capoter l'affaire.

Edouard se tut et regarda sa collaboratrice. Camille ne savait pas quoi répondre. La déception devait se lire sur son visage, elle n'avait jamais été très bonne pour masquer ses émotions.

- Ce n'est pas ce que tu attendais ?
- Non, pas vraiment.
- C'est un beau projet et une vraie marque de confiance, tu sais.
- Je sais.
- Que pensais-tu que j'allais t'annoncer ?
- Eh bien, je pensais que nous allions parler du poste d'Astrid. Je ne veux pas paraître profiter de la situation bien sûr mais si elle doit être absente pour encore longtemps, il faut que quelqu'un fasse l'intérim.
- Et tu pensais que j'allais te proposer d'être ce quelqu'un ?
- Disons que je l'espérais.
- Pour l'instant, nous ne savons pas combien de temps elle sera absente. Je préfère faire l'intérim moi-même. Ça serait trop délicat de nommer quelqu'un et de lui retirer ce rôle quand Astrid reviendra.
- Je comprends.

- Mais, tu sais, ce rôle que je te propose est très important. C'est une occasion d'être plus visible, de t'asseoir à la table des seniors managers.

- Je comprends.

- C'est un excellent accélérateur pour ta carrière.

- OK. Je vais le faire. Merci de ta confiance.

- Je t'en prie. En sortant, passe voir mon assistante pour qu'elle te fasse signer le NDA[5]. Elle t'indiquera aussi les coordonnées de nos contacts chez Salsa.

- Salsa ?

- C'est le nom de code de notre client. La société rachetée est appelée Rumba mais tu ne seras pas en contact avec eux. Toute communication doit passer par notre client. Tu connaitras les vrais noms quand tu auras signé le NDA.

En sortant du bureau de Edouard, Camille alla voir son assistante. Celle-ci lui fit signer électroniquement tout un tas de documents avant de lui donner l'accès à un répertoire

____

[5] Non Disclosure Agreement : document par lequel le signataire s'engage à respecter le secret sur un sujet et est par conséquent autorisé à accéder aux informations confidentielles

protégé contenant les données confidentielles. Elle lui fit aussi suivre les coordonnées des contacts. Au moment, où Camille allait s'en aller, elle ajouta :

- Bien sûr, tu es au courant que notre client étant au Brésil, notre contrat impose que nous travaillions en horaires décalés ?
- Pardon ?
- Notre client est basé à Sao Paolo, il y a cinq heures de décalage horaire.
- Ce qui veut dire que je dois rester au bureau jusqu'à vingt-trois heures tous les soirs ?
- Non, bien sûr. Tu peux rentrer chez toi vers dix-huit heures et télé-travailler ensuite. Le bon côté de l'affaire c'est que tu n'as pas besoin de commencer tôt le matin.
- Mais nos équipes de développement sont en Inde ! Si j'ai besoin de travailler avec eux je dois le faire le matin.
- Alors, il n'y a plus qu'à espérer que ça n'arrive pas tous les jours.

Fulminante, Camille retourna à son bureau. Elle avait le sentiment de s'être fait rouler dans la farine même si se voir confier un projet aussi sensible était bien sûr une preuve de confiance. Alors que quelques mois auparavant, elle aurait été fière de cette distinction, elle avait maintenant perdu sa foi dans la bienveillance de Banana Software à son égard. Cela étant, elle allait quand même faire de son mieux car il n'était pas concevable de rater un projet aussi important. En soupirant, elle se mit donc au travail.

Un des points positifs de ce nouveau projet était que le contact chez Salsa était un homme absolument charmant et d'une bonne humeur communicative. Ça ne compensait toutefois que partiellement la réaction d'Olivier quand il avait appris que son épouse allait maintenant travailler en horaires décalés et n'avait pas pris la peine de lui en parler avant d'accepter. Le matin, il avait dit au revoir à une femme qui jurait que désormais elle quitterait le travail à dix-huit heures quoi qu'il arrive et le soir il voyait revenir une cadre stressée qui allait devoir travailler tous les soirs jusqu'à vingt-trois heures pour les mois à venir. Il y avait vraiment de quoi être déboussolé ! Lilou ne prit pas mieux la nouvelle. Ce qui l'inquiétait plus que tout était de savoir qui allait la coucher et raconter l'histoire du soir si maman travaillait. Bizarrement, malgré une éducation aussi féministe que possible, il ne lui venait pas à l'idée que son père puisse le faire. La demoiselle avait ses habitudes et en changer l'angoissait. Il fallut que Camille lui promette qu'elle serait dans le bureau juste à côté de sa chambre et qu'elle l'entendrait si elle appelait. Elles firent même un test pour vérifier que c'était bien le cas. Camille s'installa devant son ordinateur, sa fille se mit dans son lit et l'appela. Aussitôt, la maman devait bondir dans la chambre de sa fille pour que celle-ci puisse constater qu'en cas de problème sa mère serait là rapidement. Elles refirent le test plusieurs fois pour être bien certaines du résultat jusqu'à ce qu'Olivier y mette fin en annonçant qu'il était l'heure de se coucher pour les petites filles et de travailler pour les grandes.

En se mettant au travail, Camille ne put s'empêcher d'avoir un pincement au cœur à l'idée que ce soir, et ceux qui allaient suivre, elle ne lirait pas l'histoire du soir. « Mais d'un autre côté, tu échappes à la cinq-centième lecture de Monstre et Cie et tu ne seras plus obligée de chanter 'Libérée, délivrée' en lisant la Reine des Neiges. Tout n'est pas négatif ! » À travers la cloison, elle pouvait entendre Olivier prendre une grosse voix pour faire parler le Bon Gros Géant et une toute petite voix flutée pour Sophie. Lorsqu'il s'arrêta au bout d'un chapitre, Lilou réclama la suite et son père continua la lecture pendant encore une demi-heure. Il était bien trop tard pour une petite fille de sept ans mais sa vieille copine la culpabilité empêcha Camille d'intervenir. À la place, elle chaussa son casque audio et appela Fernando, son contact chez Salsa :

- Buenos días. Cómo estás?
- Estoy Bien. Mais au Brésil on ne parle pas espagnol, on parle portugais.
- Zut. Désolée. Je ne parle pas portugais.
- Pas de souci, c'était gentil d'essayer.

Fernando éclata d'un rire communicatif. La conversation prit alors un tour très détendu et après avoir parlé pendant trente minutes du projet, Camille et Fernando bavardèrent pendant au moins aussi longtemps. Rapidement, Camille sut tout de son interlocuteur. Il avait trente-quatre ans, était marié et avait une petite fille de cinq ans qui s'appelait Julieta. Il travaillait à Sao Paolo mais était né à Manaus. Il y avait vécu toute son enfance et avait étudié à Sao Paolo et fait une année de césure en France dans un petit village de Provence d'où il avait ramené une surprenante pointe d'accent méridional quand il parlait français. Il en avait aussi ramené une petite amie française qui depuis était devenue son épouse, Laure. Il se réjouissait donc d'avoir l'occasion de travailler avec des Français.

Par la suite, bien que les délais pour préparer le dossier soient très courts et le stress important, les bonnes relations entre les deux chefs de projets ne se démentirent pas. Toutes les visio-conférences comportaient une part de discussion amicale sur les récents événements dans la vie de l'un et de l'autre. Ils parlaient enfants, travail, cinéma et même recettes de cuisine. Ça n'empêchait pas le dossier d'avancer et Camille était franchement contente d'elle-même lorsque la présentation fut validée par Edouard et son homologue de Salsa. Elle avait relevé le défi avec succès. Certes, elle y avait passé ses soirées pendant un bon mois et il avait fallu changer plusieurs fois d'approche, refaire les calculs à chaque fois qu'un scénario différent germait dans l'esprit d'un des managers, changer le design de la présentation pour satisfaire tout le monde, mais le résultat était probant. Il ne restait plus qu'à attendre pour savoir si le deal serait signé. Ça ne dépendait plus d'elle. Elle allait pouvoir recommencer à avoir un rythme de vie normal et passer du temps avec sa famille et Vanessa qu'elle n'avait pas vue depuis leur déjeuner après son retour de Russie. Elle avait néanmoins un petit pincement au cœur en pensant que la collaboration avec Fernando se terminait, à moins qu'on ne lui affecte la mise en œuvre du projet en cas de signature. Malgré toute la sympathie qu'elle avait pour Fernando, elle espérait tout de même que quelqu'un d'autre s'en chargerait car l'impact sur sa vie de famille était trop important. Olivier lui avait fait la tête pendant plusieurs jours lorsqu'elle avait accepté de travailler sur le dossier sans même demander une prime pour les heures effectuées la nuit ni réclamer un dédommagement pour le décalage de leurs vacances prévues initialement en juillet. Il s'était racheté par la suite en assurant toutes les tâches ménagères et en s'occupant de Lilou. Certains soirs, quand Camille se sentait prête à tomber de sommeil sur ses fichiers Excel, son mari lui avait même apporté du thé et des biscuits au chocolat pour l'aider à tenir. Plus que le thé lui-même c'était de savoir que son mari était là pour la soutenir qui lui avait donné du courage. Ses biscuits au chocolat avaient un tout autre goût que ceux proposés par Edouard. Ils étaient une marque de tendresse et de soutien indéfectible alors que ceux de son manager étaient une tentative pitoyable pour l'amadouer sans prendre au sérieux ses revendications. Les longues heures de travail ne lui laissaient pas le temps de réfléchir en détail à tout ceci, mais ce qui était certain c'était que lorsqu'Olivier toquait doucement à la porte avant de poser le plateau sur son bureau et de l'embrasser dans le cou, même sa petite voix intérieure se taisait et ronronnait de bonheur.

* * *

Chapitre 18

Loin de Paris, lundi 1ᵉʳ août

Il fallut attendre quelques semaines pour connaître le résultat des négociations. Comme de toute façon tout tournait au ralenti en août aussi bien chez Banana Software que dans l'agence immobilière d'Olivier, Camille et sa famille s'offrirent trois semaines de repos bien mérité.

La première semaine se déroula chez les parents d'Olivier. Ceux-ci habitaient la Creuse, ce qui avait comme conséquence positive que la famille de leur fils était dispensée du déjeuner dominical mais comme contrepartie qu'une portion des vacances était toujours passée à Boussac. Camille n'avait rien contre la Creuse, c'était vert et reposant... Surtout reposant. Après les mois qui venaient de s'écouler, elle n'avait qu'une envie : DORMIR. Comme sa belle-mère était ravie de s'occuper de Lilou, elle en profitait sans scrupule pour enchaîner grasses matinées et siestes. Bien sûr, belle-maman ne se privait pas pour faire des commentaires aigres-doux sur les heures de sommeil de sa bru mais celle-ci s'en fichait : quand on supporte Astrid toute l'année, ce n'est pas une belle-mère qui vous fait peur !

Au bout de trois jours à ce régime, Camille avait repris des forces. Elle continua néanmoins à se retirer dans sa chambre sitôt le déjeuner avalé. Elle lisait ou regardait un film sur sa tablette, le dos appuyé contre un gros oreiller. Elle regardait un épisode d'Outlander pour la troisième fois (celui de la nuit de noces, « Miam, des pectoraux pareils, ça donne envie de devenir une cougar ! ») lorsqu'Olivier rentra dans la chambre :

- Je croyais que tu dormais ?
- (Merde, prise sur le fait !) Je n'arrivais pas à dormir alors je regardais une série.
- Tu aurais pu descendre nous rejoindre...
- En fait, je... enfin...
- Tu voulais être tranquille ?
- Oui, mais maintenant que tu es là, pourquoi ne viens-tu pas me tenir compagnie ?
- Je ne suis pas fatigué.
- Ça tombe bien, moi non plus.

Camille passa sa main sous le T-shirt de son mari. Il n'avait peut-être pas les abdominaux de Sam Heughan mais il avait le corps le plus excitant qu'elle connaisse. Elle aimait caresser sa peau, douce et fine sur les hanches, plus ferme sur le ventre, couverte de poils sur les pectoraux. Elle n'avait jamais compris les femmes qui aimaient les hommes au corps imberbe. Pour sa part elle adorait passer ses doigts dans la douce pilosité recouvrant la poitrine d'Olivier. Elle trouvait ça terriblement sexy. Se rapprochant de lui, elle posa ses lèvres à la base de son cou, là où elle pouvait sentir son cœur battre. Il laissa échapper un gémissement mais ne bougea pas. Elle lui enleva son T-shirt et continua son exploration, prenant son temps puisque c'était les vacances et que pour une fois ils ne risquaient pas d'être interrompus. Qu'est-ce que c'était bon de pouvoir faire l'amour en pleine journée sans tomber de fatigue ou penser à autre chose ! Elle attira Olivier vers elle et il se laissa tomber sur le lit. Elle déboutonna son jean et glissa sa main dans le boxer de son mari. Il semblait lui aussi beaucoup apprécier cette sieste crapuleuse. Elle commença à le caresser, tout doucement au début, pour faire monter la tension, puis plus vite. Il la laissait faire mais ses doigts qui agrippaient la couette et sa respiration qui s'accélérait trahissaient son excitation croissante. Soudain, alors que Camille se penchait pour le prendre dans sa bouche, il se retourna et la plaqua sur le lit :

-    À mon tour, sexy lady, de vous savourer !

Et remontant la fine robe d'été sur les hanches de son épouse, il plongea le visage entre ses jambes. Lui aussi prenait son temps, léchant et titillant chaque point jusqu'à ce que Camille perde tout contrôle et se laisse aller à la vague de plaisir qui l'envahissait. Plus rien n'existait qu'eux deux et ce plaisir qu'ils se donnaient.

La sieste coquine devint un rituel pendant la semaine passée dans la Creuse. Les parents d'Olivier n'étaient surement pas dupes mais ils surent rester discrets et trouvèrent de nombreuses activités pour occuper Lilou pendant les après-midis.

Pour les deux semaines suivantes, la famille avait réservé une agréable maison avec piscine en Dordogne. Cette région bénie des dieux offrait à la fois une gastronomie hors pair, un climat ensoleillé et de nombreuses activités tant culturelles que sportives. Les jours passèrent donc rapidement entre visite de la grotte de Lascaux et du musée de la Préhistoire, balade en kayak sur la Dordogne et flânerie dans les rues de Sarlat. Camille était certaine qu'elle aurait dû s'inquiéter de l'effet des pommes de terre sarladaises, du confit de canard et du vin de Bergerac sur sa ligne mais elle se sentait tellement bien qu'elle remit ce sujet à la rentrée. Elle n'aurait qu'à doubler les doses d'Amazonia et tout se règlerait en quelques semaines.

Vanessa vint les rejoindre pour quelques jours. Elle arriva par le train et dès que son amie l'aperçut à la gare des Eyzies, elle devina qu'elle avait quelque chose à annoncer. Elle arborait un sourire ravi qu'on ne lui avait pas beaucoup vu depuis qu'elle avait découvert les turpitudes de son mari. Cependant, la coquine aimait en général se faire prier. Pas question de tout révéler immédiatement, il fallait faire monter la tension, tenir ses interlocuteurs en haleine, se faire prier, et enfin, à force de supplications, cracher le morceau. Bien sûr, Camille qui la connaissait par cœur commença par prétendre n'avoir aucun intérêt pour la question, elle raconta son début de vacances, insistant longuement sur chaque lieu visité, chaque vin goûté, chaque exploit de sa fille. Tout en parlant elle surveillait son amie du coin de l'œil. Quand elle jugea que celle-ci avait atteint le maximum de frustration supportable sans faire la tête toute la soirée, elle changea brusquement de sujet et la bombarda de questions sur ce qui la rendait si heureuse. Contrairement à son habitude, celle-ci ne se fit qu'à peine prier pour annoncer sa nouvelle. Elle était tellement contente qu'elle en oubliait de jouer à la diva.

- Je fais partie du plan social !
- Oh ma pauvre !
- Mais non, c'est une excellente nouvelle ! Je pars avec un très joli chèque, cinq années de salaire, et le

soutien d'un incubateur pour monter ma startup. Je ne pouvais pas rêver mieux.

- Ta startup ? Tu veux parler de ton entreprise de relooking ?

- Oui, mais ça pourrait être beaucoup plus que du relooking. Je voudrais y ajouter du coaching professionnel, des articles de management au féminin, une communauté d'échange centrée sur les femmes au travail...

- Wow, ça en fait des idées ! Fais attention à ne pas trop te disperser au début.

- C'est bien mon problème. J'ai plein d'idées mais je ne suis pas une championne du business plan ni de la gestion de projet. Tu es sûre que tu ne veux pas venir travailler avec moi ? Je te propose la moitié des parts.

- Je n'ai pas d'argent à investir, enfin juste un peu, ce que j'ai mis sur mon plan d'épargne entreprise, mais ça ne va pas te mener loin.

- Pas grave, on lèvera des fonds. L'incubateur nous aidera, ils ont l'habitude. Et puis, tu connais le proverbe : « la fortune sourit aux audacieuses ».

- Certes, mais au début, on risque de ne pas avoir de salaire. J'ai une famille à nourrir.

- Alors là, ma chérie, je t'arrête tout de suite, l'agence marche super bien. Je peux tout à fait nous faire vivre en attendant que votre entreprise soit rentable, si c'est ce que tu veux faire.

Olivier serra tendrement la main de son épouse en lui souriant. Son cœur se serra. Elle avait le meilleur mari du monde... mais quitter Banana Software à la veille d'obtenir le poste de ses rêves était une mauvaise idée.

- Regarde-toi, tu es prête à t'épuiser au travail dans l'espoir que ton chef te remarque et te donne une promotion. Un bon chienchien qui fait le beau pour avoir un su-sucre ! Tu n'en as pas marre d'être tenue en laisse par des imbéciles et des connards ?
- Vanessa, c'est vraiment méchant de dire ça et en plus c'est faux.
- Ah bon ? ça fait des années que tu me parles de cette promotion et que tu travailles comme une dingue pour l'avoir.
- Elle n'a pas tout à fait tort, tu sais, ma chérie. Je vois bien que tu n'es pas heureuse et que ta boite ne te reconnait pas à ta juste valeur. Tu ne peux pas dire le contraire.

- Cette fois-ci, je suis quasi assurée d'avoir le poste d'Astrid si elle ne revient pas, ce qui semble probable.

- Si tu étais ton propre patron, tu n'aurais pas à te poser ce genre de questions, c'est toi qui accorderais les promotions.

- Pour qu'il y ait des promotions, il faut que l'entreprise marche.

- Avec ton talent de manager et mes idées, ça marchera !

- Mon amour, tu es la femme la plus douée pour le management que je connaisse. Fais-toi confiance ! Moi, je crois en toi.

- Toi, tu es l'homme de ma vie et tu n'es peut-être pas totalement objectif à mon sujet ?

- J'espère bien, ce n'est pas mon rôle d'être objectif à ton sujet. En revanche, je suis aussi un homme d'affaires et je sais reconnaître le talent quand je le vois.

- Écoute, si jamais je n'ai pas le poste je réfléchirai à cette option.

-    Ne réfléchis pas trop longtemps, ma belle, sinon je
devrais trouver d'autres associés !

* * *

Chapitre 19

Camille était rentrée depuis environ une semaine et tuait le temps en enchaînant les formations en ligne lorsque Edouard l'appela dans son bureau pour lui dire que le rachat de « Rumba » se faisait et que le dossier qu'elle avait monté avait grandement aidé à finaliser le deal. Il la félicita chaudement pour son travail et lui annonça qu'elle recevrait une prime conséquente pour ce succès. Camille était aux anges. Tout autant que la prime, la reconnaissance de son travail lui faisait plaisir. Elle se sentait pousser des ailes. Maintenant qu'Edouard était convaincu de ses talents, il allait enfin lui proposer d'évoluer vers plus de responsabilités. Ceci lui fut confirmé lorsque Edouard ajouta avec un grand sourire :

- Je ne te confie pas la mise en œuvre du projet. Je suis certain que tu ferais un excellent travail mais j'ai d'autres choses à te confier, des choses qui nécessitent des compétences et du talent.

- Merci. De quoi s'agit-il ?

- Je ne peux pas encore t'en parler mais tu le sauras bientôt. Entre temps, repose-toi un peu et si tu n'es pas occupée à 100%, pourquoi ne donnes-tu pas un coup de main à mon assistante pour finaliser la soirée annuelle ?

- Finaliser la soirée annuelle ?

- Oui, elle a lieu dans une semaine et des représentants de Salsa y assisteront, dont ton contact, Fernando, avec sa famille. J'aimerais qu'on ajoute un petit quelque chose spécialement pour eux, une manière de les fidéliser maintenant qu'ils se développent.

- Je vois mais en quoi puis-je aider ?

- Tu les connais bien et tu ne manques pas de créativité, tu auras sûrement une bonne idée.

- Ok, je vais essayer.

- Je compte sur toi.

- Ben voyons, me voilà promue assistante en événementiel ! tout à fait dans mes cordes !

- Je ferai de mon mieux.

L'assistante d'Edouard ne prit pas très bien l'arrivée de Camille sur l'organisation de la soirée :

- Tout est finalisé depuis longtemps. Je ne vais surement pas chambouler toute mon organisation moins d'une semaine avant la date.

- On peut peut-être trouver des idées qui n'impliquent pas de tout chambouler. Je vais discuter avec

Fernando pour voir ce qu'il suggère. Après tout, il connait bien ses managers et saura certainement ce qu'ils aiment.

- Demande-lui si tu veux mais je ne te garantis rien. Je n'ai rien contre toi mais Edouard a parfois des trouvailles vraiment surréalistes !

Fernando trouva l'idée très sympathique et se mit en quatre pour imaginer des manières de mettre le Brésil et la société qui l'employait à l'honneur sans perturber les préparatifs déjà mis en œuvre. Il proposa notamment un gâteau orné du logo de la société et de celui de Banana Software et l'intervention d'un groupe de danseurs de salsa en clin d'œil au nom de code du projet. Tout ceci pouvait être inséré dans le déroulement prévu de la soirée sans difficulté. On pouvait aussi demander au DJ de passer des titres brésiliens lorsqu'on danserait et au barman d'ajouter la Caïpirinha [6] à la liste des cocktails proposés. Camille plaisanta :

---

[6] Caïpirinha : cocktail brésilien. Couper un citron vert en 8 quartiers, et le piler dans un verre avec 3 cuillerées à café de cassonade. Verser la

- De la Caïpirinha ? je suis certaine que c'est meilleur que la spécialité brésilienne que je prends tous les jours.

- Tu prends une spécialité brésilienne tous les jours ? De quoi parles-tu ?

- Eh bien, le régime à la mode en France est le régime Amazonia. C'est un régime à base de produits exotiques non transformés et accompagnés de gélules de plantes brûle-graisse. Bon, il faut avouer que je n'ai pas respecté très sérieusement le régime donc c'est peut-être pour ça que je n'ai perdu que deux kilos en six mois même si j'ai pris les gélules régulièrement.

- Je ne connaissais pas ce régime. Que contiennent les gélules ?

- Je ne sais pas. Attends trente secondes, je regarde sur la boite. D'après ce que je lis, ça contient du guarana, de la tige d'ananas, de la feuille de coca et du Banisteriopsis caapi

---

glace pilée et 5cl de cachaça dans le verre et mélanger jusqu'à dissolution du sucre. Servir aussitôt. Savourer.

- Je connais les premiers mais le dernier ne me dit rien. Je me demande ce que c'est.

- Bof, ça ne doit pas être très méchant parce que comme je te l'ai dit, ça ne m'a pas fait un effet foudroyant. J'ai un peu moins faim (youpi !) et je me sens pleine d'énergie mais c'est à peu près tout. J'ai un peu l'impression de m'être fait arnaquer pour tout dire.

- Si tu veux, je demanderai à ma grand-mère. C'est une Indienne Sateré-Mawé. Elle connait très bien les plantes, elle pourra te dire si ça a une chance de marcher et comment utiliser ces plantes. Parfois un truc marche en tisane et pas en gélules ou bien il faut le prendre avec de la nourriture ou au contraire à jeun. C'est assez compliqué de bien utiliser les plantes. Ceux que les européens considèrent comme des primitifs ont souvent une connaissance très complexe des plantes qui poussent dans la forêt amazonienne.

- Je n'en doute pas. Ça doit être passionnant de parler avec ta grand-mère.

- Oui, c'est une femme très intelligente et qui connait beaucoup de choses sur la nature amazonienne. Elle a rencontré mon grand-père lorsqu'il est venu dans son village faire une étude sur les pratiques médicales traditionnelles et elle est repartie avec lui, mais elle est retournée vivre dans son village lorsqu'il est mort. Viens me voir au Brésil, je te la présenterai.

- Avec ma famille ?

- Bien sûr. Julieta montrera à ta fille comment faire une coiffure traditionnelle avec des perles et des plumes et, avec mes cousins, nous emmènerons ton mari chasser dans la forêt. Ça sera génial !

Lorsque Camille raccrocha, elle rêvait d'expédition dans la forêt amazonienne, de découverte de la spiritualité chamane, elle se voyait déjà poster des photos sublimes sur Instagram : « Petit repas chassé par mon mari en compagnie des indiens Sateré-Mawé », « Lilou coiffée à la mode Sateré-Mawé », « Expérience chamanique dans la jungle amazonienne » ... « Tourista d'enfer après le repas traditionnel », « Piqures de moustiques géantes », « Baignade au milieu des piranhas», ricana sa petite voix. Peut-être que le voyage serait mieux à l'état de rêve lointain qu'en pratique, tout compte fait, elle n'imaginait pas trop son mari chassant avec une sarbacane ni elle-même affrontant Mimi la mygale ou Lilou face à une nourriture ne contenant ni nuggets ni pâtes...

* * *

Chapitre 20

Musée des Arts Forains[7], vendredi 2 septembre, 19h

L'assistante d'Edouard avait vu les choses en grand pour la soirée annuelle de Banana Software. Elle avait loué une salle au musée des Arts Forains. Dans un bâtiment en meulière dessiné par un élève de Gustave Eiffel, on avait reconstitué une fête foraine d'antan avec son carrousel de chevaux de bois colorés, son manège de vélocipèdes, son jeu de massacre et ses balançoires. La salle était décorée de panneaux de bois peints de motifs forains éclairés par des loupiottes multicolores. Dès leur arrivée, les employés de Banana Software et leur famille étaient accueillis par des jongleurs et des mimes qui les conduisaient à la salle de réception où, suspendus au plafond, deux chevaliers sur leur destrier s'affrontaient au son d'un orgue ancien. Des serveurs habillés en garçons de café des années 1900 leur proposaient des boissons et des friandises. Pendant que les parents bavardaient et retombaient en enfance devant les attractions centenaires, les

---

[7] Voir plan à la fin du roman

enfants étaient réunis dans une pièce spéciale où des illusionnistes leur proposaient un spectacle de magie.

Pour la première fois depuis plusieurs semaines, Camille se sentait détendue. Elle se savait jolie dans sa robe vintage en vichy rouge et blanc inspirée des pin-up des années 50. Le regard de son mari lorsqu'elle était sortie de la salle de bain avait été assez explicite. Le champagne, la musique et les lumières clignotantes la rendaient euphorique. Elle avait envie de rire et de s'amuser, en oubliant le stress qu'elle avait subi dernièrement. Olivier avait le bras autour de sa taille et de temps en temps l'embrassait dans le cou, lui déclenchant plein de délicieux frissons. Cependant il ne fallait pas oublier qu'il s'agissait d'un événement professionnel. Malgré les tentations, pas question de boire trop ou de se montrer trop câline envers son chéri, surtout si Edouard devait annoncer sa promotion au poste d'Astrid. Elle se devait de se comporter en leader charismatique. Elle entreprit donc de faire le tour de la salle pour saluer tout le monde et échanger les banalités habituelles. « Bonsoir, quelle belle soirée ! Cette salle est vraiment magnifique ! Tu es venu avec ton/ta conjoint(e) ? Bonsoir, ravie de faire votre connaissance. Je vous présente mon mari, Olivier. Ma fille est au spectacle de magie, et vos enfants ? Passez une bonne soirée. À plus tard » et au suivant ! L'introvertie qu'elle était détestait ce genre de mondanités, rien de tout ceci ne venait naturellement pour elle. Elle s'était entrainée devant son miroir et avait appris par cœur une liste de phrases qu'elle n'avait plus qu'à adapter à son interlocuteur. « Bonsoir, blablabla, bonne soirée. Bonsoir, blablabla, bonne soirée... » Elle avait l'impression de ressembler aux automates qui chantaient encore et toujours le même air dans un angle de la salle. Il y avait bien quelques personnes avec qui elle pouvait avoir une véritable conversation mais elle devait faire attention à ne pas passer tout son temps auprès de ses amis et se forcer à continuer à faire le tour des convives. Au bout d'une heure, elle était épuisée et la soirée avait perdu sa magie. D'un commun accord avec Olivier, elle décida de faire une pause et de manger quelque chose.

Banana Software avait gâté ses employés. Le buffet était somptueux. Des assiettes de gougères au Comté voisinaient avec des éclairs au foie gras. Des toasts de saumon façon Gravlax décorés de caviar alternaient avec des mini-terrines de volaille et des canapés au magret de canard. Pour ceux qui préféraient des mets plus exotiques, le traiteur avait prévu des cuillères de houmous au citron et des brochettes de gambas épicées à l'abricot ainsi que des verrines de coquille Saint-Jacques à la vanille et du tiramisu au crabe. Un comptoir proposait de délicieux desserts miniatures présentés sur des manèges ainsi que des pommes d'amour et des pralines pour rester dans l'esprit du musée des Arts Forains. Un bar proposait du Champagne et des cocktails multicolores. Camille se jeta avec délice sur la nourriture. Elle engloutit trois canapés aux rillettes de saumon, deux mini-terrines de canard et quelques gougères moelleuses et enchaina quasi sans respirer plusieurs verrines savoureuses. Olivier la taquina : « Attention, les coutures de ta robe vont craquer si tu dévores tout le buffet ! » C'était dit comme une boutade mais elle se sentit profondément vexée. Elle avait l'impression d'être un porc se goinfrant. Nerveusement, elle fouilla dans son sac à main et en sortit une plaquette de gélules Amazonia. Comme elle n'avait pas de boisson pour les avaler, elle se dirigea vers le bar et demanda un verre d'eau. Elle entendit une voix l'interpeler :

-   Camille, je te trouve enfin !
-   Fernando, comment vas-tu ? Ça me fait plaisir de te rencontrer enfin ! Tu es seul ?
-   Non, ma femme a accompagné ma fille au spectacle pour enfants. La pauvre ne connaissait personne et se sentait tout intimidée. Et toi ?
-   Ma fille est aussi au spectacle et mon mari m'attend près du buffet.
-   Qu'est-ce que tu bois ?

-   Pour l'instant, de l'eau. J'ai besoin de prendre un médicament.

Joignant le geste à la parole elle avala deux gélules d'Amazonia. Elle se sentit immédiatement mieux, comme si les herbes avaient instantanément brûlé les calories ingérées. Elle se redressa et sans s'en rendre compte rentra le ventre. Fernando la regarda bizarrement :

-   Ce n'est pas ce mélange de plantes dont tu m'avais parlé ?

-   Si, les gélules du protocole Amazonia. Normalement il y a aussi un régime mais c'est un peu difficile de trouver en France des fruits de la forêt amazonienne.

-   J'imagine bien. J'ai parlé de ton traitement à ma grand-mère. Elle m'a dit que la plupart des ingrédients sont inoffensifs et sans doute même efficaces pour aider à mincir sans se sentir épuisée.

-   Bonne nouvelle.

-   Non, attends. Tu m'as bien dit que tes gélules contenaient du Banisteriopsis caapi ?

-   Je crois, oui. Tu veux que je vérifie ?

-   Oui, parce que si c'est bien ça, ma grand-mère m'a dit qu'il ne fallait surtout pas que tu prennes ces gélules. C'est très dangereux. C'est une liane utilisée par les chamans et si tu l'utilises sans précaution, les effets risquent d'être terribles.

- Hein ? tu veux dire que les milliers de femmes qui suivent ce régime risquent de finir à l'hôpital ? Mais ça se serait vu, tu ne crois pas ?

- Non, non, les effets ne sont pas de ce genre. C'est une plante qui agit sur ton esprit. Elle permet de te libérer de tout ce qui te limite et d'explorer ton moi caché.

- Et si on le prend sans le contrôle d'un chaman, il se passe quoi ?

- C'est difficile à dire. Ça dépend comment la plante est préparée et avec quoi elle est associée. Dans ton cas, le guarana et la coca sont des plantes énergisantes donc on peut imaginer que tu changes de personnalité pour laisser émerger la super héroïne ou la super vilaine qui est en toi.

- Personne ne m'a signalé que j'avais changé de comportement jusqu'à présent.

- Tant mieux parce que ma grand-mère m'a dit que certains chamanes prétendent qu'en associant le Banisteriopsis caapi avec d'autres plantes ils arrivent à se métamorphoser en leur animal totem ou à être possédés par un esprit au point de prendre son apparence.

- Mais c'est une légende, voyons. Dans la vraie vie, personne ne peut se métamorphoser.

- Ah, les occidentaux et leur matérialisme !

- Mais enfin, Fernando, tu ne crois tout de même pas que les gens peuvent se changer en animal ou en personnage mythique ?

- C'est plus compliqué que ça. En tous cas, il y a de nombreux témoignages de personnes ayant vu des chamans prendre l'apparence de leur esprit totem. Je ne sais pas te dire s'il s'agit d'une métamorphose réelle ou d'une hallucination mais ce n'est pas une légende. L'explication la plus populaire est que ces chamans arrivent à projeter l'image de l'esprit qui les habite.

- Incroyable ! La culture des peuples amazoniens est fascinante. Projeter une image dans l'esprit des gens qui vous entourent, c'est fou ! c'est exactement ce qu'il me faudrait. Je projetterais dans l'esprit des gens l'image d'une femme superbe, sûre d'elle, charismatique...

- Mais c'est ce que tu es !

- Tu es adorable, mais j'en suis très loin. Je me demande si en prenant plus d'Amazonia, je réussirais à changer l'image que les gens ont de moi...

Camille s'interrompit soudain, les sourcils froncés, la bouche entrouverte. Une idée incroyable venait de germer dans son esprit. Fernando agita une main devant ses yeux :

- Hello, il y a quelqu'un ?
- Fernando, je crois que je sais ce qu'il s'est passé lorsque j'ai été attaquée au bureau.
- Comment ça ?
- Tu te rappelles qu'on n'a pas trouvé de traces sur la vidéo surveillance de la personne qui nous a blessées Astrid et moi ?
- Oui. Je me souviens que tu me l'avais raconté et que ça t'angoissait de ne pas connaître le visage de ton attaquant.
- En fait, l'explication est peut-être toute simple : il n'y avait pas d'attaquant.
- Hein ?
- Nous prenions toutes les deux de l'Amazonia. Si ça se trouve, nous nous sommes battues entre nous et chacune a projeté sur l'autre l'image d'une femme forte et agressive.

- Tu veux dire que ce serait Astrid qui t'aurait attaquée au bureau et ensuite à l'hôpital ? Mais pourquoi ?

- Elle me déteste parce qu'Edouard m'a demandé de lui rapporter directement en ce qui concerne le projet russe et qu'elle a peur que je lui pique sa place.

- Tu n'as pas de preuves.

- Non, mais si j'ai raison, ça explique l'épidémie d'attaques dont on n'a jamais retrouvé les coupables. Les personnes ont été attaquées par quelqu'un qui avait pris des gélules mais ce n'est jamais la même personne. Il faudrait regarder à chaque fois s'il n'y a pas une femme qui a une raison de leur en vouloir et qui suit ce traitement. Si ça se trouve c'est moi qui ai saccagé le magasin Nadia Moretti ! Et Vanessa qui...

- Stop. Ça vaut la peine d'être creusé mais plus tard. Le discours d'Edouard va bientôt commencer. On est déjà en retard.

* * *

Chapitre 21

Musée des Arts Forains[8] , vendredi 2 septembre, 20h

Entre l'accueil et le manège de vélocipèdes, séparée de la salle du buffet par un mur percé d'arcades fermées de rideaux de velours rouge, on avait dressé une scène. Elle était entourée de sièges capitonnés assortis aux rideaux et disposés en amphithéâtre. La plupart étaient déjà occupés mais Camille aperçut Corinne, installée au premier rang, qui leur faisait de grands signes de la main. Elle leur avait gentiment gardé deux places à côté d'elle. Ils venaient de s'asseoir quand la lumière s'éteignit. Le silence se fit dans la salle. L'orgue de foire entama le générique de la Piste aux Etoiles, les projecteurs illuminèrent la scène et Edouard entra en trottinant avant de saluer tel un artiste de cirque. Cette mise en scène, qui aurait pu paraître ridicule venant d'une autre personne, déclencha un tonnerre d'applaudissements. Le patron de Banana Software France s'immobilisa au centre de la scène et laissa le silence s'installer avant de prendre la parole. Après les salutations

---

[8] Voir plan à la fin du roman

d'usage, il fit un bilan du semestre passé, des difficultés et des succès. Il remercia ses troupes pour leurs efforts. Ce qui aurait pu être un discours ennuyeux et conventionnel était en fait un one man show digne d'un professionnel. Son audience était suspendue à ses lèvres, riant et applaudissant. Au bout d'une vingtaine de minutes, Edouard laissa à nouveau le silence s'installer avant d'annoncer :

- Maintenant que nous avons parlé du passé, il est temps de penser au futur. J'ai hélas une mauvaise nouvelle à vous annoncer. Astrid Alexandre, notre formidable directrice des projets, a décidé de faire une pause dans sa carrière pour se consacrer à des sujets qui lui tiennent à cœur.

  (Tu parles, elle doit avoir la trouille de revenir au travail après son agression. Pas très courageuse, la hyène !)

- Le Comité de Direction a donc dû nommer quelqu'un qui aura la dure tâche de succéder à Astrid. Cependant, j'ai aussi une bonne nouvelle à vous annoncer : nous avons trouvé une personne remarquable pour la remplacer, une personne que beaucoup d'entre vous connaissent déjà et qui a fait la preuve de ses talents de son leadership.

(Ce coup-ci c'est bon, il n'y a personne de plus qualifié que toi pour ce poste. Il aurait pu te prévenir avant mais une surprise c'est sympa aussi !)

Camille commença à se lever, lorsque Edouard continua :

- J'ai le plaisir de vous présenter notre nouveau Directeur des Projets : Mathieu Pérec !

  (Mathieu Perec ? qu'est-ce que c'est que cette décision à la con ? c'est la personne la plus détestée de la boîte et il ne connait rien en projets technologiques. Tout le monde va démissionner !)

Il y eu un silence prolongé dans la salle pendant que le nouveau Directeur des Projets montait sur la scène. Tous ses collègues étaient sous le choc. La musique de la Piste aux Etoiles retentit à nouveau et des applaudissements polis se firent entendre.

- Merci, chers collègues, pour cet accueil chaleureux. Je suis très honoré d'avoir été choisi et je suis impatient de mettre en œuvre toutes mes idées pour moderniser notre gestion de projets. Ensemble nous allons passer d'une approche traditionnelle et lourde à un mode Agile qui nous rendra plus efficaces et plus autonomes !

Scandalisée, Camille se leva d'un bond et sortit précipitamment de la salle. Non seulement ce salopard avait eu le poste qu'elle espérait depuis des mois mais en plus il s'appropriait ses idées. Elle était folle de rage.

Assez satisfait de sa prestation, Edouard profita de l'intervention de Mathieu pour quitter la scène et aller se chercher une boisson. Sous la chaleur des projecteurs, il avait eu l'impression de fondre et éprouvait maintenant l'envie irrésistible d'une coupe de champagne bien frais. Le buffet était désert, tous les adultes étant dans le théâtre et les enfants au spectacle de magie. Le barman le servit immédiatement et il s'accouda au bar le temps de siroter son verre au calme. À côté du bar, on avait installé un stand de confiseries qui proposait pommes d'amour, barbes à papa, pralines ainsi qu'une magnifique fontaine de chocolat. Debout face à la fontaine, se trouvait une femme à la silhouette superbe. Sentant le regard de Edouard s'attarder sur ses courbes, elle se retourna lentement et lui décocha un sourire resplendissant. Stupéfait, Edouard laissa tomber sa coupe qui se brisa à ses pieds.

- Kamila ? Qu'est-ce que tu fais ici ? Cette soirée est réservée aux employés de Banana Software. Comment es-tu entrée ?

- Tu n'es pas contert de me voir, solnychko[9] ?

- Pas ici, non.

- Pourquoi, c'est la présence de ton épouse qui te gêne ? Ou bien tu crains que je raconte à tes employés comment ton kiki perd tous ses moyens quand tu stresses, kotik[10] ? C'est un grand émotif, ce kiki.

Elle éclata de rire et mima un avion s'écrasant avec sa main.

- Arrête ça tout de suite. Ça n'a rien d'amusant.

- Moi, ça me fait beaucoup rire de te voir tout nerveux. Monsieur le barman, vous ne trouvez pas ça amusant de voir le Big Boss tout angoissé à l'idée que Bibiche sache ce qu'il fait, ou n'arrive pas à faire, en voyage d'affaires ?

---

[9] Petit soleil (terme affectueux russe)
[10] Petit chat (terme affectueux russe)

Fou de rage, Edouard l'empoigna par le bras.

- Ça suffit ! va-t'en ou j'appelle la sécurité.
- Tu te laisses déborder par tes émotions, malych[11], répondit Kamila en enlevant la main de son bras
- Tu l'auras voulu. Barman, prévenez les agents de sécurité, s'il vous plait.

Le barman le regarda d'un air inquiet et tendit la main vers son téléphone. Kamila l'arrêta d'un geste.

- Ne te donne pas cette peine, zaïtchik[12]. Je m'en vais.

Avant de partir, Kamila trempa un doigt dans le chocolat fondu et le suçota en fixant son interlocuteur d'un regard pensif. Edouard la regarda d'un air exaspéré. Alors qu'il se demandait comment faire pour se débarrasser d'elle sans attirer l'attention, elle prit l'initiative. Empoignant la fontaine à chocolat avec ses deux mains, elle la propulsa vers lui, couvrant son costume Armani de chocolat et lui brûlant douloureusement les parties intimes.

---

[11] Petit bonhomme (terme affectueux russe)
[12] Petit Lièvre (terme affectueux russe)

- Le chocolat c'est bon pour le stress, krochka [13] . Proshchaniye[14]!

Kamila tourna les talons et se dirigea vers la sortie d'un pas ferme pendant qu'Edouard l'insultait copieusement. À ce moment, son assistante surgit, étonnée de ne pas voir son patron alors qu'il était attendu sur scène cinq minutes plus tard. Coupé dans ses élans vengeurs, le directeur de Banana Software essaya de retrouver son calme. D'un geste machinal il resserra son nœud de cravate. Ses doigts se refermèrent sur une substance gluante. Consterné, il réalisa qu'il lui restait moins de cinq minutes pour réparer les dégâts causés par la fontaine de chocolat. Il interrogea son assistante du regard. Heureusement des années d'expérience avaient forgé son caractère et la dame ne perdait pas facilement son sang-froid. Sans même chercher à savoir ce qui s'était passé, elle répondit aussitôt :

- Filez aux toilettes vous déshabiller et vous nettoyer, je vous trouve un costume et une chemise. Je vais aussi

____

[13] Petite miette de biscuit (surnom affectueux russe)
[14] Adieu ! (russe)

221

demander à Tanya de faire la présentation RH à la
place de votre intervention pour vous donner du
temps.

-   Merci, vous êtes une perle.

-   Souvenez-vous en lorsque vous déciderez de mon
    augmentation annuelle !

-   Promis !

Edouard se précipita dans les toilettes pour homme.
Heureusement elles étaient désertes. Il retira son costume en
grimaçant : le plus doué des teinturiers aurait du mal à le
sauver. Son caleçon était aussi imprégné de chocolat mais
pour l'instant il préféra le garder de peur de se trouver en
situation embarrassante si quelqu'un entrait. Il enleva
néanmoins sa chemise poisseuse. Elle aussi était perdue, elle
ne redeviendrait jamais blanche. Il avait du chocolat sur la
poitrine, le visage et jusque dans les cheveux. Il eut un petit
sourire en se disant qu'en d'autres circonstances et avec la
compagnie adéquate il aurait pu imaginer une manière très
excitante de s'en débarrasser. Vue la situation, il jugea
préférable de se laver à grande eau. Le plus dur fut de
nettoyer ses cheveux. Il dut se résoudre à passer la tête sous
le robinet. Il entendit dans son dos la porte s'ouvrir. Son
assistante avait fait vite. Elle était vraiment incroyable.

- Posez les vêtements sur le sèche-mains. Je finis de me laver et je m'habille en vitesse.

- *Je n'ai pas de vêtements et de toute façon quand j'en aurai fini avec toi, connard, tu n'en auras plus besoin.*

Edouard releva la tête. Ce n'était pas son assistante, de toute évidence. La femme était grande, très maigre. Elle avait de longs cheveux blond platine et ses yeux brillaient d'un éclat malsain.

- Vous faites erreur, Madame, vous êtes dans les toilettes des hommes.

- *Tu es stupide ou tu le fais exprès ?*

- Je ne comprends pas. Qui êtes-vous et que voulez-vous ?

Même si on est un homme dans la force de l'âge, doté de muscles sculptés dans les salles de sport, il est difficile de garder son assurance lorsqu'on se retrouve en caleçon, les cheveux dégoulinants, face à une furie armée d'un couteau à pain.

- *Tu m'as méprisée, remplacée par cette dinde arriviste d'abord et par ce salopard* incompétent ensuite et tu me demandes ce que je veux ?

- Mais je ne vous connais pas !

- On a travaillé dix ans ensemble, baisé pendant des années et tu prétends que tu ne me reconnais pas ? Tu es un monstre !

- Astrid ? Mais que t'est-t-il arrivé ? tu es méconnaissable.

- Je suis laide ? c'est ça ? tu ne me trouves plus à ton goût ? Il te faut de la chair fraîche, comme cette Camille ?

- Tu es folle. Je ne couche pas avec Camille ! Le genre bonne élève obéissante ce n'est pas mon truc, tu le sais bien.

- Tu mens comme tu m'as menti en prétendant que tu quitterais ta femme pour moi ou quand tu m'as promis une place au conseil d'administration. Tu m'as utilisée et tu m'as jetée. Tu vas payer.

Sans attendre, elle bondit sur sa proie, le couteau à la main. Heureusement pour lui, Edouard eut le réflexe d'agripper les poignets de son assaillante. Le dos au lavabo, il tenta de la repousser. Jamais il n'aurait cru qu'une femme aussi maigre pût avoir autant de force. Malgré tous ses efforts, le couteau se rapprochait de son cou inexorablement. La peur lui serra l'estomac. Il allait mourir en caleçon égorgé dans les toilettes. La déchéance. Pris de panique, il hurla.

Alors que Kamila allait sortir du musée des Arts Forains, elle réalisa avec horreur que ses escarpins étaient couverts de chocolat fondu. On aurait dit qu'elle avait marché dans la crotte d'un doberman diarrhéique. Elle se précipita vers les toilettes des dames pour réparer les dégâts. Heureusement que ses souliers étaient en cuir vernis, une simple serviette humide devrait faire l'affaire. Elle était en train de vérifier son apparence dans le miroir en pied quand un hurlement retentit. Quelqu'un, un homme, avait visiblement la peur de sa vie. Curieuse, elle tendit l'oreille. Une voix féminine criarde intima alors à l'homme de se taire. Son sang ne fit qu'un tour. Elle connaissait cette voix, jamais elle ne l'oublierait, dût-elle vivre cent ans. Cette fois, elle allait l'atomiser, cette vermine ! Elle bondit hors des toilettes pour femmes et se précipita dans celles des hommes. Edouard, en caleçon, se débattait pour échapper à la furie armée d'un couteau à pain. Elle fut tentée de le laisser se débrouiller. C'était le moment où jamais pour lui de prouver qu'il était à la hauteur de sa réputation de mâle alpha. Cependant sa haine de son ennemie jurée l'emporta. Elle attrapa la femme par les cheveux et la tira en arrière en rugissant. L'autre se retourna et tenta de lui donner un coup de couteau. Elle aurait peut-être réussi si, au même moment, Edouard ne l'avait pas poussée pour s'échapper. Il se précipita vers la porte et s'enfuit sans demander son reste, laissant les deux femmes se battre.

Dans les toilettes, le combat faisait rage. Chacune des belligérantes n'avait qu'une chose en tête : exterminer l'autre. Pendant un long moment, il fut difficile de savoir qui avait le dessus. Kamila était plus jeune et plus souple mais Astrid était armée, même si ses coups manquaient de précision. À plusieurs reprises, Kamila réussit cependant à lui asséner des coups de poing et de pied. Elle lui arracha même son couteau qui tomba au sol. Il en fallait plus néanmoins pour arrêter Astrid. Privée de son arme, elle utilisa ses ongles longs et pointus comme des griffes qui passèrent plusieurs fois à quelques millimètres des yeux de son adversaire. On aurait dit un fauve enragé. La fureur l'aveuglait, plus rien n'importait que tuer. Au bout de quelques minutes pourtant, elle commença à fatiguer. La différence d'âge et d'endurance se faisait sentir. Ses coups se ralentirent en même temps que ceux de son opposante faisaient mouche de plus en plus souvent. Elle se retrouva aculée à la porte. Kamila la regarda d'un air triomphant :

- Cette fois, tu es coincée. Je vais t'annihiler.

- **Dans tes rêves, poufiasse !**

Astrid donna un grand coup de tête dans le nez de son ennemie qui recula, pliée en deux, les mains sur son visage ensanglanté. Elle en profita pour ramasser son couteau et sortir en courant de la pièce, laissant son adversaire sonnée, agrippée au lavabo.

L'entrée du musée était gardée par un vigile taillé comme un hercule. Aucune possibilité de passer par là. En pestant contre ce manque de chance, Astrid se replia donc dans la salle où avait lieu le spectacle pour enfants. Une cinquantaine de gamins, assis par terre, regardaient avec fascination les mésaventures d'un magicien empoté qui cherchait sa baguette magique et faisait apparaître à la place toute sorte d'objets bizarres, parapluie sans toile, arrosoir en forme de grenouille rose, valise ornée d'araignées poilues et même un balai de sorcière orange. Tout d'abord, ils ne prêtèrent pas la moindre attention à cette femme qui passait près d'eux en courant. La plupart des adultes sont totalement dépourvus d'intérêt quand on est petit. Cependant lorsque le garde, alerté par Edouard, se mit à lui courir après en criant, le pauvre illusionniste perdit tout attrait. Aucun spectacle, aussi bon soit-il, ne peut rivaliser avec la perspective de voir des gens se battre pour de vrai. Le garde cria :

- Arrêtez-vous tout de suite ! La police va arriver, vous n'avez aucune chance !

- Raison de plus pour ne pas m'arrêter, crétin !

Le garde était maintenant à quelques mètres de la fugitive. Elle agrippa l'enfant le plus proche d'elle, une petite fille blonde d'environ dix ans. Celle-ci hurla de terreur.

- Le premier qui s'approche de moi aura sa mort sur la conscience !

- Madame, vous aggravez votre cas, répondit le garde.

- Je m'en fous ! Recule ou je l'égorge !

Tout le monde s'écarta prudemment, dans un silence de mort. Astrid ouvrit l'issue de secours, tenant la petite comme un bouclier, le couteau sur la gorge. De grosses larmes coulaient sur les joues de l'enfant dont le menton tremblait mais elle n'osait rien dire, terrifiée. Dans la rue, les forces de l'ordre avaient pris place autour du bâtiment. Pendant de longs instants, les parties en présence se regardèrent en chiens de faïence, les policiers n'osant pas intervenir de peur que l'otage ne soit blessé puis le Capitaine Tran qui les commandait tenta de négocier :

- Ici le Capitaine Tran. Le bâtiment est cerné. Vous ne pouvez pas vous échapper. Pour l'instant personne n'a été blessé. Libérez l'enfant et rendez-vous. Vous n'avez pas fait de victime, vous pouvez encore espérer la clémence de la Justice.

- **Vous me prenez pour une idiote ? La gamine est mon assurance-vie. Pas question de la laisser partir.**

Astrid referma la porte précipitamment et rentra dans la salle. Les invités avaient été évacués par l'entrée principale et regroupés à l'écart de la menace. Tenant toujours l'enfant, elle fonça à travers la salle du buffet, espérant trouver une autre issue moins surveillée. La petite avait du mal à suivre et trébucha plusieurs fois mais sa ravisseuse ne ralentit pas l'allure, lui enfonça ses griffes dans le bras en la trainant. Elles passèrent entre le manège de chevaux de bois et le jeu de massacre.

Le manège tournait toujours, sa musique résonnant de manière incongrue dans le musée déserté.

* * *

Chapitre 22

Dans les toilettes, Kamila essayait d'arrêter le saignement. Impossible de se souvenir si la meilleure méthode était de mettre la tête en avant ou en arrière. Elle se souvenait aussi d'un truc avec des glaçons et du jus de citron mais quoi exactement ? Dans le doute, elle prit une serviette en papier et appuya sur les ailes de ses narines. Si ça ne marchait pas, elle pourrait toujours tenter de boire un Daïquiri[16]. Sa robe était tâchée et son visage ressemblait à un masque de film d'horreur. Avec une autre serviette humide, elle tenta de réparer les dégâts sur son apparence. Elle venait de finir de nettoyer sa figure quand des cris attirèrent son attention. Elle tira la porte et regarda à l'extérieur. Les invités fuyaient vers la porte principale, paniqués. Intriguée, elle sortit dans le hall.

Un homme lui cria :

---

[15] Voir plan à la fin du roman

[16] Pour faire un Daïquiri : 4cl de rhum blanc ; 2cl de jus de citron vert ; 1cl de sirop de canne ; des glaçons. Mélanger le tout au shaker. À consommer avec modération.

- Ne restez pas là, il y a une dingue avec un couteau qui menace de tuer une gamine !

- *Pourquoi allez-vous vers la sortie, alors ? vous ne devriez pas aider la petite ?*

- Pas envie de mourir. J'étais là pour m'amuser, pas pour me faire massacrer.

Sur ce, il repartit en courant. Kamila ne le suivit pas. Comme il était peu probable qu'il y ait deux folles armées d'un couteau à la soirée, elle savait maintenant où trouver son ennemie jurée et cette fois elle ne la raterait pas ! Elle remonta le courant des gens qui fuyaient, jouant des coudes pour se frayer un passage dans la cohue. Elle aperçut enfin Astrid dans la salle du buffet. Elle se dirigeait vers les arcades en meulière partageant le musée en deux en tirant l'enfant derrière elle. Kamila opéra un demi-tour et rejoignit l'accueil en courant. De là, elle pénétra dans la salle de conférence et la traversa le plus vite qu'elle put, puis elle attendit cachée derrière le manège des vélocipèdes. Astrid ne tarda pas à arriver. Elle était essoufflée et, dans sa hâte d'atteindre les issues de secours, passa devant Kamila sans la voir. Celle-ci n'hésita pas un instant et lui bondit dessus, la plaquant au sol sous son poids. L'otage s'écarta de quelques pas et s'arrêta net, la bouche ouverte et les yeux écarquillés. Par terre, les deux femmes se battaient avec une violence digne de berserkers. La haine était telle entre les deux adversaires qu'il était clair que le combat ne cesserait que lorsque l'une des deux serait anéantie.

À l'entrée du musée des Arts Forains, Olivier cherchait sa femme et sa fille. Dans la foule agglutinée derrière les barrières de sécurité, il était impossible de trouver qui que ce soit. Il interrogea des collègues de Camille mais personne ne l'avait vue depuis qu'elle avait quitté la salle de conférence. Fernando lui confirma qu'elle était bouleversée quand il l'avait vue pour la dernière fois et qu'il ne savait pas ce qu'elle avait pu faire. Parmi les enfants qu'on avait regroupés dans un coin en attendant que leurs parents les récupèrent Olivier ne trouva pas Lilou non plus. Commençant à sentir la panique le gagner, il se précipita auprès des policiers qui commencèrent par le renvoyer en lui disant qu'ils ne pouvaient pas s'occuper de toutes les personnes qui avaient égaré quelqu'un dans la foule alors qu'ils avaient une prise d'otage à gérer. Fou de rage, il agrippa l'agent par le col et commença à le secouer en lui criant dessus. Ses collègues vinrent aussitôt en renfort et le pauvre père de famille se retrouva rapidement plaqué au sol. Heureusement pour lui, le Capitaine Tran n'avait pas pour habitude de laisser ses hommes molester les gens. Elle intervint immédiatement et Olivier en fut quitte pour quelques bleus. Bégayant de colère, il entreprit d'expliquer encore une fois que sa femme et sa fille avaient disparus, qu'il les avait cherchées et que personne ne savait où elles étaient. Il craignait donc qu'elles soient encore dans le musée, à la merci de la psychopathe. Le capitaine Tran prit la chose au sérieux. Elle emmena Olivier dans le camion où ses collègues observaient les images des caméras de surveillance. Sur un des écrans il aperçut deux femmes qui se battaient comme des furies pendant qu'une petite fille les regardait avec effroi.

- Vous les reconnaissez ?
- Je ne vois pas le visage des femmes, mais c'est bien ma fille. Oh, mon dieu, ma petite Lilou ! Il faut la sortir de là tout de suite.
- Ne vous inquiétez pas, monsieur, nous allons profiter de la bagarre pour aller récupérer votre fille. Restez ici. Je m'en charge.

Le capitaine Tran sortit du véhicule et Olivier la vit bientôt pénétrer dans le musée. Il pouvait suivre sur les écrans sa progression. Il la vit traverser l'accueil et rentrer dans la salle de conférence. Celle-ci était plongée dans la pénombre mais il pouvait distinguer sa silhouette. Un officier la guidait depuis le camion grâce à une oreillette, lui indiquant l'emplacement de Lilou et des deux femmes.

Enfin, le capitaine arriva près du manège des vélocipèdes. Les deux combattantes ne la remarquèrent même pas, trop occupées à s'entretuer. Tran attrapa la petite par le bras et tenta de l'entrainer vers la sortie. Cependant, à sa grande surprise, l'enfant ne se laissa pas faire. Elle résista de toutes ses forces en criant :

- Ma maman, il faut aider ma maman ! La folle va lui faire du mal !
- Ne t'inquiète pas, dès que tu seras en sécurité les autres policiers vont venir l'aider. Viens.
- Noooon ! Maman ! Maman !

En entendant crier Lilou, Kamila tourna la tête. Elle aperçut le capitaine qui tenait la petite fille dans ses bras. Elle s'immobilisa, tenant son adversaire à bout de bras. Pendant un instant, elle sembla perplexe, son image se mit à trembler comme une télé mal réglée.

- Maman, je ne veux pas te laisser ! Noooon !

L'image se brouilla tout à fait et soudain, au lieu de la sculpturale Kamila, apparut Camille, pas très grande, pas très forte, un peu trop ronde et totalement désemparée de se trouver là. On aurait dit un pauvre petit animal tout doux, terrifié. Astrid saisit alors sa chance et se jeta tel un cobra sur sa proie pour l'achever. Hélas pour elle et pour tous les cobras de la terre, il arrive que le petit animal tout doux soit en fait une mangouste. Camille lui balança dans la figure un coup de poing qui contenait toute la fureur d'une mère dont on a fait souffrir l'enfant. Il y avait aussi la colère de l'employée modèle qui a été exploitée pendant des années et pour faire bonne mesure une rage dirigée vers tous ceux qui méprisaient les humbles et les gentils. Astrid fut catapultée sur plusieurs mètres et s'écroula, assommée, contre le comptoir du bar à friandises. Voyant que son adversaire ne bougeait plus, Camille se précipita sur Lilou pour la serrer de toutes ses forces dans ses bras. La petite se blottit contre elle en pleurant. Elle respira l'odeur des cheveux de sa fille et pensa qu'il s'en était fallu de peu pour qu'elle n'ait plus jamais ce bonheur. Des larmes lui montèrent aux yeux à cette idée atroce. Elle enfouit son visage dans le cou de son enfant et pendant plusieurs minutes rien d'autre n'exista.

Elle fut tirée de sa bulle de bonheur par le capitaine Tran qui essayait d'empêcher Olivier d'approcher :

- Qu'est-ce que vous faites là, vous ? Je vous avais demandé d'attendre dans le camion.
- Vous croyez peut-être que j'allais laisser l'autre folle s'attaquer aux deux femmes de ma vie ? Je vous ai

suivie. Les plantons ont fait quelques difficultés, du coup j'ai dû passer par derrière, c'est pour ça que ça a pris un peu de temps mais on dirait que Camille n'avait pas besoin de moi finalement.

- Vous aviez reconnu votre épouse dès le début et vous ne me l'avez pas dit ?

- Vous étiez déjà partie quand j'ai vu son visage.

- Mais elle avait une apparence différente, elle paraissait plus grande, plus sophistiquée...

- Ah bon ? je n'ai rien remarqué de spécial. Maintenant, laissez-moi passer s'il vous plait.

Tran s'écarta, perplexe. Elle regarda passer Astrid sur un brancard. Celle-ci aussi avait l'air différente, plus âgée, plus fragile. Il y avait là un mystère qu'elle ne s'expliquait pas. Elle revint à la charge :

- Je suis certaine de ce que j'ai vu. Vous étiez complètement différente quand je suis arrivée, Madame, et vous avez repris votre apparence habituelle quand votre fille vous a parlé. Ça parait impossible pourtant. Comment avez-vous fait ça ? Je n'y comprends rien.

- C'est à cause des gélules d'Amazonia.

- Pardon ?

–   Elles contiennent un mélange de plantes utilisées par les chamans amazoniens pour prendre l'apparence d'un esprit qui les habite.

–   Mais ce sont des superstitions !

–   Vous avez vu vous-même que non. Je pense que ces gélules transforment ceux qui les avalent en une espèce de double maléfique basé sur leurs peurs, leurs colères, leurs désirs.

–   Oh ! Merde !

–   En effet. Il y a des milliers de doubles maléfiques qui se baladent dans la nature.

–   Je suis aussi le régime Amazonia. J'ai pris quelques kilos à cause du stress.

–   Ça ne fait peut-être pas le même effet à tout le monde. Peut-être que dans votre cas il ne s'est rien passé.

–   Je n'en suis pas certaine. Vous vous souvenez de mon chef, le capitaine Garnier ? Nous étions venus vous interroger à l'hôpital.

–   Ah, oui, je me disais bien que je vous avais vue quelque part. Où est le capitaine Garnier ? Il est en congés ?

–   En congé maladie. Il a... comment dire ? il a été victime d'une agression. Une guerrière Ninja, selon lui. On ne sait pas bien ce qui s'est passé mais il a été retrouvé dans une ruelle du quartier chinois, ligoté à un réverbère et les pieds nus, enduits de nuoc-mâm. Les chats du quartier étaient venus lui lécher la plante des pieds. Une sorte de supplice chinois modernisé.

-   Les pieds léchés par les chats ? Sans blague ?

Camille pouffa de rire en imaginant l'officier imbuvable se tortillant pour empêcher les matous de lui lécher les pieds.

-   Hilarant, c'est ce que nous avons tous pensé au commissariat, surtout qu'il est allergique aux chats, mais vu ce que vous m'avez dit au sujet des gélules d'Amazonia, j'ai une idée de ce qui a pu se passer et je crains bien que ma carrière ne s'en remette pas.
-   Je suis désolée pour vous. D'un autre côté, vous avez mis fin à la prise d'otage sans qu'il y ait de victime. Je suis certaine que ça fera pencher la balance de votre côté et puis vous ne pouvez pas être rendue responsable des effets secondaires d'un médicament !
-   Vous êtes gentille. J'espère que vous avez raison. On va prendre votre déposition et ensuite vous pourrez

rentrer chez vous. Votre fille tombe de sommeil après toutes ces émotions.

* * *

Chapitre 23

Le Figaro, édition du lundi 5 septembre

Des gélules amincissantes soupçonnées d'être à l'origine d'une prise d'otages

Une prise d'otage survenue vendredi lors d'une soirée professionnelle au musée des Arts Forains a permis à la police d'élucider une série de délits en France et à l'étranger.

Une femme a pris une petite fille en otage jeudi soir lors d'une soirée organisée par la société Banana Software au musée des Arts Forains de Paris. La police est immédiatement intervenue pour libérer l'enfant et sa mère et neutraliser la criminelle. Selon des témoins cette femme serait une ancienne employée de Banana Software. Son acte aurait été causé par une consommation excessive de gélules amincissantes à base de Banisteriopsis caapi, une liane utilisée par les shamans d'Amazonie pour provoquer des transes mystiques. En mélangeant cette plante avec du guarana et de la feuille de coca, ce supplément alimentaire aurait permis à des traits de personnalité normalement refoulés d'émerger. Bien que les médecins ne puissent pour l'instant l'expliquer, l'apparence de la prévenue aurait aussi changé aux yeux des témoins la faisant apparaître plus grande et plus impressionnante. La police pense que ceci pourrait expliquer la vague récente d'attaques perpétuées par des femmes non identifiées en France et dans d'autres pays d'Europe. Une enquête est en cours et en attendant les résultats les autorités sanitaires ont interdit la vente des gélules commercialisées sous la marque Amazonia et recommandent à toutes les personnes en ayant acheté de ne pas les consommer. Le cours de l'action de la société Fauzer qui produit et commercialise la marque Amazonia a dévissé pour atteindre son point le plus bas depuis 10 ans. Son PDG, Alfred Bourelé a démissionné dans la foulée.

* * *

Chapitre 24

ELLE, édition du jeudi 8 septembre

C'EST MON HISTOIRE

« SOUS L'EMPRISE D'UN TRAITEMENT AMAIGRISSANT, J'AI FAILLI TUER L'EX DE MON MARI »

ELOISE* EST UNE JEUNE FEMME CALME ET TIMIDE, C'EST CE QUI A PLU A SON PATRON, MARIE A UNE FEMME VOLCANIQUE. POURTANT, UNE AMAZONE SE CACHE EN ELLE.

*les prénoms ont été changés

Malgré mes cheveux roux, j'ai toujours été assez réservée, loin du caractère flamboyant habituellement prêté aux rousses. Secrétaire dans une entreprise de pièces automobiles, mon calme et ma douceur on fait que je suis vite devenue la confidente de mon patron. Patrick* me racontait ses difficultés conjugales.

Son épouse était très jalouse et n'avait jamais assez d'argent. Elle lui rendait la vie impossible. La seule chose qui l'empêchait de demander le divorce était Timothée*, son fils, qu'il adorait. Je le consolais comme je pouvais et petit à petit des sentiments sont nés entre nous qui n'avaient rien de professionnel. J'étais déchirée entre l'amour que j'éprouvais pour lui et mon éthique personnelle qui m'empêchait de coucher avec un homme marié, même malheureux en ménage. Enfin, un jour, il est arrivé au bureau en m'annonçant qu'après une dispute pire que les autres, il avait quitté Sonia et décidé de divorcer. C'est à partir de ce moment-là que notre histoire a vraiment débuté.

Dans les premiers temps nous sommes restés discrets pour éviter les ragots au travail. Dans la journée, nous nous comportions de manière parfaitement professionnelle, mais le soir nous nous retrouvions plus amoureux que jamais. Moi qui avais toujours vécu très simplement, j'ouvrais des yeux émerveillés quand Patrick m'emmenait dans des restaurants étoilés ou en vacances à l'Ile Maurice. Après des années passées auprès d'une mégère toujours insatisfaite, il était heureux de me voir apprécier tout ce qu'il m'offrait. Plus le temps passait et plus nous nous aimions. Nous aurions aimé nous marier mais Sonia s'acharnait à refuser le divorce. Elle voulait que Patrick prenne tous les torts et lui laisse l'appartement dans le centre de Paris ainsi qu'une pension démesurée. Bien sûr, il n'en était pas question, surtout qu'elle n'avait jamais travaillé et que c'était Patrick qui payait les traites de l'appartement. Elle montait aussi Timothée contre son père et surtout contre moi, prétendant que j'étais une trainée qui avait brisé son couple. Je pleurais souvent et Patrick s'énervait car il le ressentait comme une critique à son égard.

Le 31 décembre, alors que j'étais patraque depuis quelques jours, j'ai fait un test de grossesse et la nouvelle est tombée : j'étais enceinte. Patrick était fou de joie. Nouvelle année, nouveau bébé ! Il ne voulait pas que notre enfant naisse dans un environnement conflictuel et donc il a accepté les conditions de Sonia pour divorcer. Il lui a laissé l'appartement et lui a versé une pension alimentaire royale. Le divorce a été signé début septembre, juste avant la naissance de Jules, notre fils. Notre bébé était adorable. Nous allions enfin pouvoir nous marier. J'étais aux anges.

Hélas, notre bonheur n'a pas duré. Quelques mois plus tard, l'entreprise de Patrick a perdu son plus gros client et il a dû licencier. Evidemment, nos revenus ont aussi baissé dramatiquement. Il n'était plus question d'un grand mariage mondain mais, pour être honnête, une cérémonie dans l'intimité me convenait très bien. Je n'ai jamais été très à l'aise dans les grandes fêtes. En revanche, il devenait difficile de payer la pension alimentaire. Patrick a essayé de négocier avec son ex-femme mais elle n'a rien voulu entendre. Nous avons dû nous serrer la ceinture. Nous avons vendu la voiture, une Jaguar. Nous avons cessé d'aller au restaurant ou de partir en vacances. J'ai trouvé un job dans une autre société.

Comme j'avais pris du poids lors de ma grossesse, j'ai commencé un régime sévère que j'ai accompagné des gélules Amazonia. Je voulais être la plus belle pour notre mariage même si seuls nos proches seraient présents. J'avais choisi une robe toute simple mais très élégante. Nous avions trouvé une salle dans un manoir dans le Perche, au bord d'un étang, très romantique.

En février, la société a mis la clé sous la porte. Nous n'avions plus que mon salaire pour vivre. Je voyais Patrick sombrer dans la déprime. Il ne se pardonnait pas de ne pas avoir réussi à redresser la situation de son entreprise. Il se culpabilisait de mettre au chômage ses employés. Je faisais de mon mieux pour le soutenir mais c'était difficile. Il a appelé Sonia pour lui dire qu'il ne pouvait plus payer la pension car il n'avait plus de revenus. Elle s'est mise dans une colère noire et l'a menacé de le priver de son fils. Légalement, elle n'en avait pas le droit mais Patrick ne voulait pas prendre ce risque. J'ai donc payé la pension sur mon salaire. Il nous restait à peine de quoi vivre. Je n'ai pas pu verser l'acompte pour réserver la salle pour notre mariage et nous avons dû annuler. J'étais furieuse. J'en voulais à mort à cette femme.

Lorsque nous avons appris qu'une inconnue rousse avait attaqué Sonia et l'avait forcée à manger l'équivalent de sa pension en billets de banque, nous avons beaucoup ri. Nous ne savions pas qui avait fait ça mais nous lui étions reconnaissant de cette vengeance. Sonia était folle de rage et a essayé de convaincre Patrick de lui reverser sa pension mais il l'a envoyée promener. Dans les mois qui ont suivi, la pensée de cette peste avalant ses billets nous a souvent permis de lutter contre le désespoir. Finalement, Patrick a trouvé un emploi comme Directeur Commercial d'une société concurrente de la sienne et nous avons retrouvé un équilibre financier. Nous avons même pu organiser notre mariage dans le manoir qui nous avait tant plus car le propriétaire a eu une annulation.

Imaginez ma stupeur lorsque j'ai entendu à la télé, que ces gélules que je prenais pour retrouver la ligne avaient des effets secondaires, notamment qu'ils causaient des troubles de la personnalité pouvant conduire à l'émergence d'une sorte de double maléfique et vengeur. J'ai tout de suite compris qui était l'agresseur de Sonia. Les cheveux roux

étaient une signature. Elle a aussi compris mais comme il a
été prouvé que les gélules étaient responsables, elle ne peut
pas porter plainte contre moi. Je suppose que je devrais me
sentir coupable mais pour être franche, je suis surtout assez
impressionnée qu'il y ait en moi une amazone capable de
mettre en œuvre une vengeance aussi créative. **Ça me rend
plus forte de savoir que je peux faire une chose pareille
même si bien entendu, il est hors de question que je
recommence !**

* * *

Chapitre 25

La Défense, Tour Alysée, lundi 12 septembre, 9h30

L'un des avantages des gélules Amazonia était que non contentes de donner une illusion de force et de puissance, elles rendaient presqu'insensible à la douleur. Cependant, une fois les effets de la drogue dissipés, Camille dut faire face aux conséquences de son combat contre Astrid. Son nez était cassé et avait triplé de volume tout en devenant d'une vilaine teinte violacée. Elle était couverte d'hématomes et ses mains étaient tuméfiées. Le médecin qui l'examina avant de la laisser rentrer chez elle lui prescrivit deux semaines d'arrêt maladie qu'elle mit à profit pour réfléchir aux événements des semaines passées et à son avenir.

En arrivant au bureau après son congé, elle posa ses affaires et se dirigea vers le bureau de Edouard. Son assistante commença par lui dire qu'il était occupé et qu'il fallait qu'elle prenne rendez-vous, de préférence la semaine suivante. Voyant que son interlocutrice n'en démordait pas et, au contraire, savourait le petit pouvoir que lui conférait son rôle d'assistante du patron, Camille n'insista pas et, sous les yeux sidérés de la secrétaire, frappa à la porte et pénétra dans le bureau de Edouard sans attendre de réponse. Celui-ci était assis à sa table de travail et buvait son café. Il accueillit sa collaboratrice avec un grand sourire.

- Camille ! Quel plaisir de te revoir ! Tu as l'air remise de ta mésaventure ? Tu as retrouvé ton joli minois.
- Il ne s'agissait pas d'une mésaventure, mais d'un combat contre une forcenée qui a kidnappé ma fille et cherché à me tuer.
- Évidemment. Le terme était mal choisi mais tu sais, je ne minimise pas ce qu'a fait Astrid, elle a cherché à me tuer aussi.
- C'est vrai, mais moi, je n'ai pas fui, je l'ai combattue et j'ai gagné.

Edouard eut l'air brièvement décontenancé. Que quelqu'un puisse remettre en cause son rôle héroïque était quelque chose de totalement inhabituel et déconcertant.

- Je suis allé appeler la police, Camille. Face à un criminel, c'est l'attitude la plus rationnelle. Je sais bien qu'elle avait enlevé ta fille, mais tu as pris un risque inconsidéré en cédant à ton émotion et en la poursuivant.
- Peut-être, mais je l'ai battue. « Connard », ajouta-t-elle mentalement. De toute façon, ce n'est pas pour

discuter de la soirée que je suis venue dans ton bureau.

- Très bien. Assieds-toi et dis-moi de quoi tu voulais me parler.

- J'ai profité de mon arrêt maladie pour réfléchir à mon avenir. Jusqu'à la soirée au musée des Arts Forains, je pensais sincèrement que si Astrid ne revenait pas, le poste serait pour moi.

- Camille, tu es une excellente chef de projet mais pour ce rôle j'avais besoin de quelqu'un qui avait du leadership pour conduire les changements nécessaires à notre stratégie.

- Et Mathieu qui ne connait rien à la technologie te semble l'homme de la situation ?

- Pour ce genre de poste, on ne considère pas seulement les compétences mais aussi et surtout le potentiel.

- Je vois.

- Mais tu as un avenir brillant chez vous. Mathieu te tient en haute estime et te confiera des missions qui te permettront de progresser.

- Non.

- Comment ça, non ?

- Non, Mathieu ne me confiera rien du tout car je démissionne.

- Camille, tu réagis encore avec tes émotions. Réfléchis tranquillement et tu verras que malgré ta déception présente, quitter Banana Software serait une erreur.

- J'ai réfléchi, j'ai eu deux semaines pour ça, et si j'avais un doute la condescendance de ta réponse vient de me convaincre que j'ai fait le bon choix. Je te remets donc ma démission datée et signée.

- Comme tu voudras mais tu le regretteras sûrement quand tu seras calmée. Tu as trois mois de préavis, tu peux encore revenir sur ta décision.

- Je suis parfaitement calme et il n'y a aucun risque que je change d'avis. Par ailleurs, en additionnant mes congés en retard et mes RTT non pris, je peux partir à la fin de la semaine.

- Ton attitude me déçoit. N'oublie pas que tu vas devoir trouver un autre travail et qu'il vaut mieux que nous nous quittions en bons termes si tu veux une recommandation.

- Je ne vais pas chercher de travail. J'ai d'autres projets. Une de mes amies vient de toucher une grosse somme grâce à un plan social et a besoin de mes services pour monter une startup.

- Tu sais que la plupart des startups échouent dans l'année ?

- Parce qu'elles ne m'ont pas comme dirigeante.

Puis, sur ces paroles pleines de panache, Camille posa sa lettre de démission sur le bureau de son bientôt ex-patron et quitta la pièce, le dos droit et le pas conquérant. Edouard la regarda sortir sans rien ajouter avant de sortir de sa poche une petite culotte en soie verte qu'il jeta rageusement dans la poubelle.

* * *

Annexes

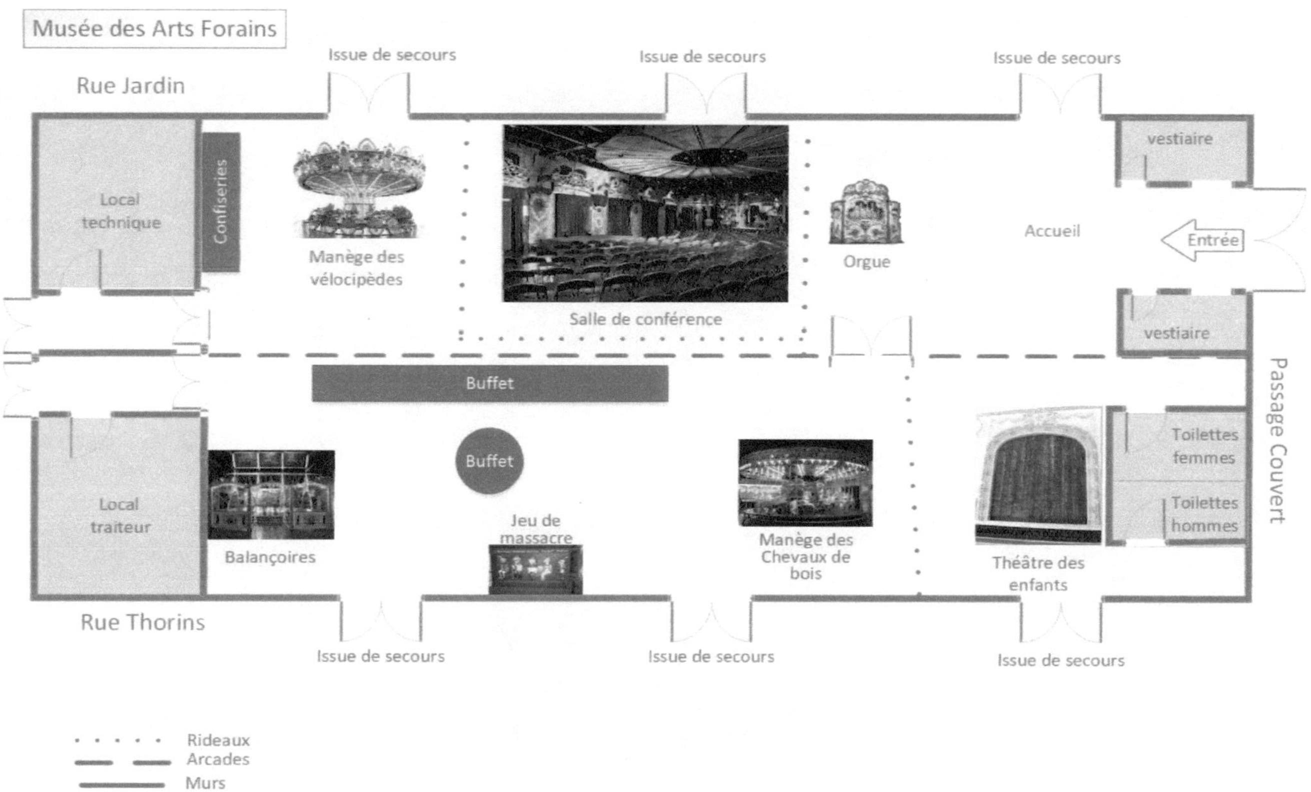

Musée des Arts Forains
Plan du Musée des Arts Forains
Rue Jardin
Rue Thorins
Passage Couvert
Issue de secours
Issue de secours
Issue de secours
Issue de secours
Issue de secours
Issue de secours
Local technique
Local traiteur
Confiseries
Manège des vélocipèdes
Salle de conférence
Orgue
Accueil
Entrée
vestiaire
vestiaire
Buffet
Buffet
Balançoires
Jeu de massacre
Manège des Chevaux de bois
Théâtre des enfants
Toilettes femmes
Toilettes hommes
Rideaux
Arcades
Murs

Remerciements

Je tiens particulièrement à remercier ma mère qui, comme toujours, a été ma première lectrice et dont l'enthousiasme n'a jamais faibli depuis l'époque où je lui faisais lire mes premières rédactions. Un grand merci aussi à ma fille pour son soutien moral et ses bonnes idées. Audrey et Martine ont droit à toute ma reconnaissance pour avoir lu la première version de ce livre et fait des commentaires qui m'ont été très utiles pour l'améliorer. Et j'exprime toute ma gratitude à Elise Jarlan de U Digital pour ses excellents conseils concernant l'édition de ce livre et la réalisation de la couverture.

Enfin « Toute ressemblance avec des personnages existants ou ayant existés ne serait sans doute pas entièrement fortuite » puisque mon imagination se nourrit de mon expérience personnelle et des histoires que me racontent mes amis dans la vraie vie ou sur les réseaux sociaux. Cependant, il serait inutile de chercher à identifier des individus précis derrière chaque personnage du roman car chacun emprunte des traits à différentes personnes réelles ou imaginaires. J'espère donc que les aventures de Camille auront su vous toucher, vous faire sourire, et peut-être vous aider à supporter les petites galères de la vie professionnelle.

Axelle

A propos de l'auteure

Bretonne de naissance et de cœur, je vis en région parisienne avec ma fille, mes deux chiens et mon chat. Quand je ne suis pas devant mon ordinateur, on peut me trouver le nez dans un livre ou en train de crapahuter avec mes chiens (je n'ai hélas pas encore trouvé le moyen de faire les deux en même temps sans me casser la figure !)

D'aussi loin que je me souvienne j'ai toujours aimé écrire. Aujourd'hui, j'écris des romans pour celles et ceux qui, comme moi, jonglent entre travail, famille et rêves personnels.

"Gentille, moi ? Pas si vous insistez !" est le premier livre que je publie, donc n'hésitez pas à m'encourager en me laissant un commentaire sur Amazon, Babelio, Livraddict ou autre.

Vous pouvez me suivre :

Sur Facebook : **@AxelleAlan.auteure**

Sur Instagram : **@axellealan**